COLLECTION FOLIO

Adèle Van Reeth

La vie ordinaire

Gallimard

Adèle Van Reeth est née en 1982. Elle est philosophe, productrice de radio et chroniqueuse. Depuis 2011, elle anime *Les Chemins de la philosophie* sur France Culture. Après avoir coécrit plusieurs ouvrages, elle publie en 2020 son premier livre, *La vie ordinaire*, aux Éditions Gallimard.

Pour Benoît

Je fuis père et mère, femme et frère lorsque mon génie m'appelle. J'écrirais volontiers sur les linteaux de la porte d'entrée: « Caprice ». J'espère du moins que c'est quelque chose de mieux que le caprice, mais nous ne pouvons pas passer la journée en explications.

RALPH WALDO EMERSON

Je vais me séparer de toi. Toi qui n'as rien connu d'autre que l'intérieur de mon ventre, tu vas affronter l'air et l'espace. Tu vas sortir de moi, ce sera le traumatisme initial.

De quoi la naissance est-elle le début ? Pour moi comme pour toi, tout a déjà commencé. Tu vis et croîs au rythme de mes pas. En gestation. Mon corps t'accueille. Mon corps nourrit ton corps. Je suis branchée à toi. Je ne te vois pas.

Tu vas me quitter. Pour mon corps, tu n'auras été qu'une transformation provisoire. Tandis que pour toi, c'est un commencement absolu. Je n'en reviens pas. Comment mon existence peut-elle engendrer autre chose qu'elle-même ? Que mon corps puisse concevoir un autre corps, voilà l'inconcevable.

Ta naissance sera une rupture. Le lien organique qui me lie à toi va se défaire. On va se libérer l'un de l'autre, et de cette distance entre nos deux corps naîtra notre rencontre. Je vais enfin te voir. Cette rupture me plaît, elle annonce la nouveauté que je désire. Je préfère la rupture à la lassitude et rien ne m'est plus insupportable que la persistance du même. Le drame, ce n'est pas la rupture, le drame, c'est ce dont la rupture souhaite venir à bout : l'inéluctable condition ordinaire de notre existence qui nous assoiffe d'extraordinaire.

Le drame, c'est l'eau tiède. La vie qui continue après la fin du film et dans laquelle il ne se passe rien. Les secondes qui se suivent et se ressemblent, d'année en année. On en viendrait presque à la souhaiter, la fin, pour qu'enfin il se passe *quelque chose.* Interrompre le flux par tous les moyens, quitte à y laisser sa peau. Et pourtant, ça continue.

Comment endurer la durée ?

La nouveauté est dans mon ventre.

Embarquement

Je suis sur le départ. Je n'ose pas défaire mes valises, je les tiens près de mon corps, *au cas où*, la main sur la poignée de la porte d'entrée, prête à prendre mes jambes à mon cou. Je fais tenir ma vie en un minimum d'espace pour pouvoir la déplacer facilement en cas d'urgence. Pourtant je rêve, presque chaque nuit, que j'habite quelque part, chaque fois dans un endroit différent : appartement minuscule, grenier, cabane, grotte, je loge dans les recoins, je rêve que j'y fais mon trou, que j'y suis bien, et que ça ne dure pas. Un endroit où vivre, c'est pour moi un endroit où survivre. Je m'y abrite comme si dehors c'était la guerre.

Si la vie domestique porte bien son nom, sa fonction est d'apprivoiser le fauve en la demeure. Pourtant, aucune bête féroce ne loge chez moi. Habiter est un combat que je mène quotidiennement sans savoir contre quoi je me bats.

Pourquoi la vie possible est-elle plus séduisante que la vie réelle ? Le possible est commode : il se tient à égale distance du réel et de l'ailleurs. Il ouvre la porte et n'en franchit jamais le seuil. De loin, on ne voit pas les croûtes ni les cicatrices, on ne sent pas l'odeur de renfermé, on n'entend pas le hoquet ni les soupirs. La vie ordinaire est une vie de détails, une vie vue de très près, de beaucoup trop près, ça colle, on s'englue, et on finit par ne plus bouger. À l'inverse, le possible nous donne la vie sans l'ordinaire, la vie en mieux, vécue de loin. Les amants du possible sont allergiques au microscope.

La vie possible n'a rien d'extraordinaire. Elle ne contient ni pouvoirs magiques ni superhéros. Mais c'est une vie filtrée, sans miroir, où les heures ne traînent jamais en longueur et les réveils sont toujours de bonne humeur, une vie dans une maison qui ne se salit pas, un corps qui ne vieillit pas, de l'argent qui ne manque pas et du sommeil qui répare pour de vrai. Pour les endeuillés du possible, la vie ordinaire est l'ultime défaite, ce que le réel a de plus réel – et donc de plus repoussant.

J'ai le problème opposé. Vivre d'autres vies que la mienne ne m'intéresse pas. Ce qui ne me satisfait pas dans cette vie n'est pas le sacrifice des vies possibles, mais l'impossibilité de dire que cette vie est bien la mienne. Quelque chose me porte, non pas au-dehors mais à côté, comme un caillou dans la chaussure de mon quotidien. Je quitte en un clin d'œil, et avant l'heure. Faire en sorte que ça ne dure pas. Ne pas m'installer. Ne pas trop s'habituer à être là. Je suis de passage. Je ne veux pas d'un au-delà, je voudrais réussir à être ici sans me sentir ailleurs.

Non pas fuir, mais arriver, enfin.

Départ

J'ai un problème avec la vie ordinaire. Quelque chose qui ne passe pas. Qui m'empêche de respirer (et qui n'est pas l'enfant que je porte en moi quoiqu'il appuie de plus en plus fort sur mon diaphragme) dans les moments anodins. Quelque chose qui m'empêche d'habiter vraiment un endroit, comme si je craignais qu'en m'installant quelque part, une main aux doigts trop nombreux vienne me serrer la gorge jusqu'à l'étouffement. Pourtant, je n'ai aucun reproche à faire à la vie ordinaire, je ne crois pas qu'elle manque d'éclat ni qu'elle soit médiocre, j'y trouve au contraire une douceur qui me plaît, un réconfort accueillant où je reprends des forces avant de repartir. Mais parfois, quand je reste trop longtemps au même endroit, ou quand je suis avec des gens que je connais trop bien, elle devient soudain, contre toute attente, le lieu d'une grande violence – comme si le corps d'un pendu trônait au milieu du salon et que le but était de continuer à vivre l'air de rien. Ça a commencé très tôt, cette saturation du presque-rien qui me dégoûte dans les moments quelconques, les phrases automatiques que je reçois comme des uppercuts en plein visage. Plus je suis proche des gens, plus l'agression est sournoise. Le langage qui tourne en boucle, les mots prévisibles qui déclenchent aussitôt une lassitude monumentale.

Ce sont des phrases que j'entends depuis ma naissance et qui me font l'effet de canines de vampire ; ce sont des bruits qui me heurtent en plein ventre, le tremblement final du frigo après une longue session de vrombissements, c'est un ongle mal coupé qui laisse deviner le travail des ciseaux et les petites rognures qui restent dans le lavabo. Ce sont des odeurs aussi, un sol fraîchement nettoyé qui sent trop fort le produit, l'herbe coupée par la tondeuse au printemps – parfum agréable mais qui, parce qu'il revient chaque année à la même saison depuis que je suis née, me donne envie de prendre mes jambes à mon cou et de partir vivre sur une planète sans gazon ni printemps, pour trouver du nouveau. Ce sont les pieds, ces pieds que tout le monde arbore dès qu'il fait un peu chaud comme s'il n'y avait pas de problème et dont le moindre contact me fait l'effet d'un tentacule de limace qui tente de me clouer sur place.

Je n'aime que ce qui existe, je ne trouve pas que chez les autres ce soit mieux, je fume deux cigarettes par jour comme on s'injecte une piqûre de finitude pour me rapprocher encore plus du réel, j'ouvre les yeux sur tout ce qui est, je jouis autant que je peux, et pourtant, pourtant, quelque chose de ce réel m'est absolument insupportable, et, pour une raison que je ne m'explique pas, c'est très précisément le terme « ordinaire » qui cristallise le puissant dégoût de l'existence qui me fait, par moments, considérer la mort comme la région la plus enviable de la vie.

Et voilà que je m'apprête à donner naissance à un être supplémentaire. Qu'est-ce que ça change ?

Initiation

La première fois que j'entendis parler d'Emerson, je dus regarder sur la feuille de mon voisin pour écrire son nom correctement. C'était l'automne dans l'Illinois, et sur les bancs de l'université de Chicago, je tentais de renouer avec le goût d'apprendre. Au cours des années précédentes, j'avais ingurgité trop de phrases que je ne comprenais pas pour retrouver l'appétit de lire. Je n'avais aucune envie de suivre des cours ni d'ouvrir de nouveaux livres, mais puisque mon compagnon de l'époque venait d'être admis à l'université de Chicago, je décidai, le corps et l'âme abîmés par des années d'études passées dans la douleur, de m'épargner un chagrin d'amour et de le rejoindre sur les bancs de l'université.

La vie de campus m'apportait le réconfort du dépaysement sans l'inconfort de l'exotisme. Rien à voir avec le séjour de plusieurs mois en Inde du Sud qui avait laissé en moi un malaise tenace, qu'un second séjour de plusieurs mois encore – cette fois dans le Nord – quelques années plus tard avait durablement confirmé. L'Inde m'avait attirée parce qu'aucun lieu sur terre, pensais-je, ne pouvait moins me ressembler. J'y voyais la promesse d'une étrangeté radicale qui pourrait enfin suspendre l'intranquillité ordinaire. J'ai parcouru le pays en train de nuit et en rickshaw (ces petits trois-roues pas toujours motorisés qui servent de taxi et qui vous emmènent non pas là où vous demandez, mais là où le chauffeur décide de vous déposer) ; j'ai médité dans un ashram au Kerala et prié dans les temples de Madurai ; j'ai regardé les cadavres brûler dans le Gange à Bénarès et goûté des épices au nom imprononçable sur le marché de Mysore ; j'ai arpenté l'Himalaya à pied pendant plusieurs jours jusqu'à ce qu'une pluie diluvienne nous contraigne à faire demi-tour et à rentrer au pas de course en slalomant à flanc de côte pour éviter les morceaux de roches qui se détachaient de la montagne sous l'effet de la mousson ; j'ai dormi dans le désert de Jaisalmer à côté des déjections des chameaux, pour finalement m'écrouler devant le Taj Mahal, six kilos en moins et quelques amibes en plus, sous le regard éberlué d'une classe de lycéens arrivés en car climatisé de Delhi qui, parce qu'ils voyaient des yeux bleus pour la première fois de leur vie, décidèrent de me suivre dans chaque recoin du mausolée, y compris dans ces lieux normalement privés où ce que l'on fait ne regarde que soi, surtout avec l'estomac en feu.

De retour en France, je goûtai le plaisir de marcher dans les rues de Lyon sans être importunée, les odeurs de pain frais et de javel dans le métro, et la douceur inespérée de l'herbe du parc de la Tête d'or sur laquelle je m'allongeai pour savourer la paix enfin retrouvée – et qui ne dura que le temps d'une sieste. Loin de m'apporter un répit définitif, mes voyages en Inde avaient eu pour effet de faire tomber les barrières confortables qui me rassuraient, et je m'étais retrouvée face à moi-même, sans protection ni déni.

À Chicago, tout était nouveau, mais rien n'était hostile, hormis le ghetto qui longeait le sud de l'université et que les légendes urbaines mêlées au bruit (ponctuel mais réel) des armes à feu nous décourageaient de parcourir.

Mon quotidien devint un terrain de jeu. Le maillage de la ville étant composé de voies exclusivement perpendiculaires, il était très facile de se repérer sans GPS. Les rues allant d'ouest en est ne portaient pas de noms, mais des numéros qui décroissaient à mesure que l'on approchait du centre. Le campus se situait à l'extrémité sud de la ville, nos déplacements dans le Loop (le centre de Chicago) étaient limités aux fins de semaine et on prenait le bus pour rejoindre la Cloud Gate, écouter du jazz sur Madison Street et tenter d'apercevoir la rive de l'autre côté du lac Michigan depuis le sommet de la Sears Tower (rebaptisée depuis Willis Tower). Je vivais dans un film, touriste de ma propre vie, en paix avec les clichés et sans cesse surprise par ces immeubles qui s'élevaient si haut que les rues du centre-ville étaient sombres en plein jour. Je courais des heures le long du lac et retardais au maximum le moment où j'allais devoir à nouveau ouvrir un livre ou la porte d'une bibliothèque.

Le gardien du seuil

Ce matin-là, j'avais décidé de m'inscrire à un cours intitulé « Le perfectionnisme moral et la transformation de soi ». Le soleil de septembre jouait avec la vigne vierge dorée qui recouvrait les façades de l'université. La salle de cours était immense, avec des gradins peuplés d'étudiants en tongs et en casquette. Sur l'estrade, le professeur ressemblait à Michel Foucault avec trente kilos de moins, une moustache et une barbe. Il s'appelait Arnold Davidson. Son bras gauche était tenu par une attelle et autour de son cou pendait l'écharpe violette de la Fiorentina. Ma peur de ne pas comprendre la technicité du vocabulaire philosophique dans une autre langue que le français fut immédiatement dissipée. Son accent était clair, ses mots ne différaient pas du langage courant. Son ton était doux et amusé. Le perfectionnisme moral, expliqua-t-il, n'était pas une quête de la perfection, mais de la transformation, avec, pour point de départ, une insatisfaction par rapport à soi.

Je posai mon stylo et levai les yeux en direction des siens, dissimulés derrière de fines lunettes qui encerclaient ses pupilles. Je n'avais jamais entendu un professeur de philosophie prononcer ces termes. Le fait qu'ils soient énoncés dans une langue étrangère décuplait mon attention. J'écoutais ces mots comme on contemple des œuvres d'art. J'essayais de les toucher, de les goûter, je voulais les retourner pour observer ce qui se cache derrière, ce qui s'échappe quand on les décolle de l'objet qu'ils sont censés désigner. Et je remarquai que quelque chose persiste, même quand on tord les mots dans tous les sens, non pas la signification, souvent plus vague qu'il n'y paraît. Non pas le sens qui varie tant d'une oreille à l'autre. Mais ce qu'ils deviennent dans nos voix. Ces mots que j'entendais m'auraient-ils autant touchée si je les avais lus, ou si je les avais entendus dans la bouche d'un autre ? Quelque chose s'adressait directement à moi, pas juste un enchaînement de phrases, mais un certain ton qui me semblait juste et m'invitait à l'aventure.

Arnold Davidson profita de ce cours de rentrée pour évoquer celui d'Emerson, cent soixante-dix ans plus tôt, devant ses étudiants d'Harvard à l'aube de la nouvelle année universitaire, en 1837. À cette date, les États-Unis ont à peine soixante ans d'existence, et l'ancien pasteur s'agace de voir la nouvelle génération d'intellectuels de son pays se comporter en moutons. « Cessez d'écouter les muses courtisanes de l'Europe ! » lance-t-il à ses étudiants, et donnez à notre pays les artistes et intellectuels qu'il mérite.

Un nouveau pays est un nouveau départ. Le rêve d'une nation indépendante est devenu réalité, dans la violence et la douleur. Mais ce n'est qu'un premier pas vers l'existence autonome d'un peuple qui doit apprendre à penser par lui-même.

Comment apprendre sans imiter ? À quoi bon avoir fondé un nouveau pays si c'est pour copier l'ancien ? Ces questions s'adressaient directement à nous, étudiants du début du XXIe siècle. Représentante malgré moi de l'ancien monde, je m'enfonçais dans mon siège et faisais profil bas. Autour de moi, les étudiants étaient attentifs, mais détendus. Je ne retrouvais pas le rapport de soumission dans lequel un étudiant français entre instantanément face à son professeur. La manière qu'avait Davidson d'exercer son autorité ne ressemblait pas à celle à laquelle les professeurs français m'avaient habituée. Il parlait comme on raconte une histoire, tantôt riant, tantôt fronçant les sourcils, d'une voix douce et enjouée.

« Emerson croit en la transformation de son pays, comme il croit en la transformation de chacun de ses étudiants, expliquait-il. Mais pour le faire, il lui faut un point de départ inébranlable, un ancrage solide à partir duquel la pensée américaine pourra enfin voir le jour, et puisqu'en Europe le romantisme bat son plein et ne jure que par le sublime et le grandiose, ce point de départ, ce sera l'ordinaire. » Je relevai les yeux en direction de l'écharpe violette. En prononçant le terme « ordinaire », ses yeux déjà petits s'étaient tellement plissés qu'ils avaient semblé disparaître derrière ses lunettes. « Le principe du courant qu'on appelle le perfectionnisme moral, en philosophie, reprit-il, est de briser l'opposition entre le bien et le mal et de montrer que l'essentiel de nos actions se situent entre les deux. La qualité de nos actions ne devrait pas être jugée en fonction de ce prisme binaire, mais en évaluant leur apport direct à notre propre transformation, que la philosophie a pour but de favoriser. »

Il savait qu'il allait un peu vite pour ce premier cours de l'année, et s'amusait de voir le regard de ses étudiants le fixer avec une intensité croissante à mesure qu'il parlait. « Mais ce que montre le philosophe contemporain Stanley Cavell, grand lecteur d'Emerson, c'est que la possibilité de cette transformation ne peut se faire qu'au prix d'une certaine attention accordée à l'ordinaire. C'est tout l'enjeu de son livre sur les comédies de remariage, dans lequel il montre que les comédies hollywoodiennes des années quarante sont les héritières directes du travail d'Emerson. Si ça ne vous évoque rien, on verra ça la semaine prochaine ; d'ici là, lisez ou relisez *L'Intellectuel américain* (nom donné à la conférence inaugurale d'Emerson) et *À la recherche du bonheur*, le livre de Cavell sur les comédies de remariage. »

En se réveillant un matin après des rêves agités

Sur le chemin du retour, le long de la 53ᵉ Rue qui me ramenait à notre appartement démesuré (loué avant visite) et que nous n'avions pas pris le temps de meubler, ma perplexité était double. Je me disais qu'après cinq années d'études, il m'avait fallu traverser l'Atlantique pour découvrir que l'ordinaire avait droit de cité en philosophie. Et puis je m'interrogeai : qu'est-ce que c'est, *au juste*, l'ordinaire ? Le mot réveillait une masse visqueuse et sombre. Je pensai aux sortes de cafards découverts la veille, des bestioles longues comme la paume de ma main qui s'étaient invitées au petit déjeuner et qu'on avait tenté d'éradiquer à coups de batte.

L'ordinaire n'est pas le banal, unanimement déprécié. Le banal est fade, lisse et transparent, il glisse sur moi et ne retient pas mon attention. Il me laisse tranquille. L'ordinaire, au contraire (je le comprenais en répétant le mot à voix basse), pesait à l'intérieur de mon corps. Je me sentais consubstantiellement liée à lui. Il semblait rivé à mes intestins et me lestait d'un poids familier. Je ne le voyais pas, mais je savais qu'il était en moi. Je me sentais grosse d'ordinaire comme on incube une maladie.

L'ordinaire n'est pas non plus le quotidien, facile à décrire : je peux énoncer chaque geste, chaque objet, chaque personne qui compose mon quotidien – d'ailleurs, je dis « mon » quotidien. Mais « mon » ordinaire, lui, semblait indescriptible. Je tentai de m'y aventurer mais mon imagination me proposait avec insistance l'image du cafard local dont j'ignorais aussi le nom. J'avais mis le doigt sur quelque chose. Que m'évoquait ce mot ? Un lieu ? Un état ? Une attitude ? Tout se passait comme si je ne voulais pas savoir. L'accès était bloqué. Malaise. J'aurais pu m'en détourner, penser à autre chose mais c'est par le corps que ça me prenait. Je voulais comprendre. Le harpon était lancé, je n'étais pas en paix (je compris soudain que je ne l'avais jamais été) et ce mot d'« ordinaire » me mit sur la piste de l'intranquillité.

Avant de rentrer à la maison, je m'arrêtai à la « Reg » (la Regenstein Library, la bibliothèque du campus) pour emprunter le livre d'Emerson. Des fauteuils et des canapés se trouvaient au pied d'interminables rayonnages qui abritaient des livres en libre-service. On pouvait parler, travailler, boire du café filtré et manger des muffins au beurre de cacahuète. Le savoir accessible et tout confort. Un livre relié traînait sur une table basse, je l'ouvris au hasard et lus en français : « Ce qui est connu, c'est ce qu'il y a de plus habituel, et l'habituel est ce qu'il y a de plus difficile à "reconnaître", c'est-à-dire de plus difficile à considérer comme problème. » Intriguée, je regardai la première page et découvris qu'il était dédié à Emerson. Sur la tranche du livre étaient imprimés le nom de l'auteur, Nietzsche, et de l'ouvrage, *Le Gai Savoir.*

Je n'en ai jamais été aussi loin, murmurai-je en reposant le volume aussi vite que je l'avais fait des années plus tôt, quand ma première lecture de Nietzsche m'avait troublée au point de devoir refermer immédiatement le livre, comme si mes doigts et mes yeux avaient été instantanément brûlés par la justesse des phrases que je venais de lire. J'ignorais que le livre fût dédié à Emerson, et j'y voyais une invitation supplémentaire à lire *L'Intellectuel américain.* Les ouvrages étaient rangés par thème, je trouvai celui d'Emerson non loin de ceux de Stanley Cavell et de Henry David Thoreau, puis je quittai la bibliothèque en courant, l'objet précieux sous le bras, pour rejoindre mon lit – et l'énorme bête sans nom qui trônait désormais sur mon oreiller.

La métamorphose

Chassée de ma chambre par le cafard, je m'installai au salon, sur une chaise que nous avions dénichée la veille dans un vide-greniers. Et je me plongeai enfin dans *L'Intellectuel américain.* Le titre est un appel : voilà des décennies que les États-Unis existent, et personne pour proposer une pensée américaine ! Où sont les artistes ? Où sont les intellectuels ? Quelle idée nous faisons-nous de nous-mêmes pour ne pas oser proposer autre chose que ce qui se fait en Europe ? Si l'autonomie, étymologiquement, signifie se donner à soi-même sa propre *loi*, l'indépendance qu'Emerson appelle de ses vœux consiste à trouver sa propre *voix*. Autrement dit : les États-Unis sont un nouveau-né, ils ont beaucoup de choses à dire mais la parole leur manque.

La déférence à l'égard de l'Europe, poursuit le philosophe, enferme les États-Unis dans un rapport de soumission intellectuelle et culturelle qui les contraint à « viser des objets ordinaires », c'est-à-dire des objets étrangers au domaine de la pensée et de la culture. Comme si, la haute culture ayant été préemptée par le vieux continent, il ne restait aux Américains que les miettes, la culture de bas étage et les soucis ordinaires.

Je devinais dans l'analyse d'Emerson toute la rancœur accumulée lors de ses séjours en Europe. Il avait dû sentir la perception négative que les intellectuels européens avaient des Américains, ces jeunes pousses incapables de fleurir par elles-mêmes ; il avait probablement perçu chez ses confrères européens tout le snobisme dont sont capables ceux qui ne doutent pas un instant que le génie soit affaire de culture et qu'une culture digne de ce nom soit ancrée dans un passé millénaire. Comme je le comprenais ! Ce snobisme avait encore cours aujourd'hui, à l'encontre d'Hollywood et du cinéma en général. Un art qui avait tout juste cent ans ne *pouvait* pas rivaliser avec le théâtre antique ; une invention artistique devait subir un bizutage de plusieurs siècles avant d'être admise dans la cour des grands – c'est-à-dire sur les bancs de la Sorbonne, où la pensée n'avait droit de cité que si elle existait sous forme de livre.

Premier conseil d'Emerson à ses étudiants : pour sortir de cet état de servitude volontaire, laissez ces livres de côté. L'idée n'est pas de produire des rats de bibliothèque, mais des auteurs. Le texte est véhément. Ce n'est pas contre les Européens qu'Emerson s'énerve, mais contre ses compatriotes et en particulier les professeurs qui « enseignent à l'esprit de ce pays à viser les objets ordinaires », pratiquant ainsi une auto-exclusion du domaine intellectuel dont il craint que le pays ne se remette jamais.

Je levai les yeux en direction du mur : les planches horizontales que nous avions fixées pour improviser une bibliothèque étaient vides. S'intéresser aux objets ordinaires était-il le signe d'une absence d'ambition ? Faire l'éloge des « petites choses », le goût de la verveine du soir, le croustillant du pain que l'on dévore en premier, le flacon de produit vaisselle qui avait changé de forme, était-ce une manière de se voiler la face ? « La viande qui rôtit dans l'âtre, le lait qui chauffe dans la casserole, la chanson que l'on fredonne dans la rue », disait Emerson – ces petits riens devant lesquels on s'extasie, fier de montrer qu'on est attentif à autre chose qu'au grandiose – n'étaient-ils que le reflet d'une ambition frustrée qui fait des objets ordinaires son domaine, par peur de l'aventure ? Quel lien entre mon dégoût devant l'ordinaire et la mauvaise foi qui accompagne la célébration du quotidien ? L'insupportable point d'honneur que l'on met à trouver systématiquement « magni-fique » non pas le gâteau lui-même, mais le manche du couteau (« ouuuuh le joli couteau vert ! il est nouveau ? ») qui sert à le découper ? L'entêtement mis à obtenir tous les détails annexes qui ont composé un trajet en avion (« à quelle heure a-t-il décollé ? il était plein ? snack salé ou sucré ? ») aux dépens des nouvelles du voyageur ?

Nouveau départ

Emerson accomplit alors un tour de force d'où naîtra la culture américaine telle que nous la connaissons aujourd'hui. La pensée ne naît jamais hors sol : puisqu'en Europe, le regard se tourne vers le haut, aux États-Unis, l'intellectuel regardera à ses propres pieds. Le haut et le bas sont des vues de l'esprit, peu importe l'ancrage, du moment qu'on naît à soi. En matière de création, l'humilité ne produit pas de chefs-d'œuvre. L'ordinaire que je vivais comme un obstacle pouvait donc devenir un point de départ fécond et prometteur ?

L'avantage de l'ordinaire, c'est qu'il se trouve partout où nous sommes : la chambre à coucher, la salle de bain et la cuisine forment le décor de notre premier contact avec le monde. « La viande qui rôtit dans l'âtre, le lait qui chauffe dans la casserole, la chanson que l'on fredonne dans la rue… » s'opposent au « grandiose », au « lointain » et au « romantique », à tout ce qui nous fait lever la tête ou regarder au loin. Emerson veut s'affranchir d'une pensée de l'ailleurs, le travail qu'il appelle de ses vœux se fera *ici*.

L'ordinaire n'est donc pas pour Emerson une fin en soi, mais un *nouveau départ* où le monde entier s'ouvre à nous. Une telle promesse fait sourire, mais le philosophe est formel. « Patience ! patience ! conclut-il ; c'est sur nos propres pieds que nous allons marcher ; c'est avec nos propres mains que nous allons travailler : ce sont nos propres opinions que nous allons clamer. »

Ici, donc. Et maintenant. Quelque chose était-il sur le point d'arriver ?

« Bonjour bébé ! »

La personne qui vient de saluer la boule qui grandit sous mon nombril est la sage-femme. Je suis à la maternité pour une visite de contrôle et elle vérifie que tout se passe bien. Je sens ses doigts qui s'enfoncent à l'intérieur de moi. Je suis habituée ; la grossesse est un laissez-passer du vagin pour toute personne en blouse blanche dans un hôpital ou un cabinet de gynécologie. « Voyons, comment est-il positionné ? Il me semble bien bas… le col est tonique, c'est une bonne chose. Tiens, je sens sa tête ! Coucou bébé ! » Elle retire sa main, enlève le gant transparent avec lequel elle m'a examinée et croise mon regard stupéfait. « Comment ça, vous avez senti sa tête ? Il est si bas ? » L'idée que la tête de mon bébé se situe à quelques centimètres à peine de mon sexe me laisse perplexe. Je sais bien que sa tête est en bas, mais de mon point de vue, « en bas », ce n'est pas à distance de deux doigts de taille normale qui me pénètrent. C'est la première fois qu'un contact direct se fait entre mon bébé et une autre personne. En plus d'être médical, le geste était bienveillant, mais je me sens soudain dépossédée de quelque chose, comme si je perdais l'exclusivité du contact intérieur.

Je m'apprête à mettre au monde une nouvelle vie, mais pour l'instant c'est une vie à l'intérieur, une vie qui n'est pas encore à proprement parler dans le monde. Je me déplace avec lui, il n'est pas *une* partie de moi mais il fait encore *partie* de moi. La vie extérieure, il ne connaît pas. Mon ventre est son univers, un utérus en guise de ciel, du liquide amniotique vital comme l'air. Est-ce qu'il respire ? Comment peut-on être en vie sans respirer ? Comment ça se passe, pour lui ?

Ma curiosité ne va pas plus loin. Je n'ai aucune envie de me documenter ni de comprendre davantage. Le lien que je construis avec lui ne passe pas par le savoir, et je comprends que le savoir ne m'est indispensable que lorsqu'il manque quelque chose. Peut-être la demande de savoir naît-elle d'un intervalle entre soi et le monde ? J'ai souvent eu, parfois de manière violente, la sensation d'être déconnectée, d'assister en spectatrice à ce qui se passe sans connaître le rôle que je pouvais y jouer. Comment être de plain-pied dans le monde, s'y sentir chez soi, sans être aspirée par l'extérieur, sans renoncer à ma singularité, à ce qui fait que je ne suis pas pierre, ni plante, mais quelqu'un qui se pose cette question, quelqu'un *tout court*? C'est une banalité, mais il est difficile de devenir quelqu'un, ça demande du travail, du défrichage, et parfois, on n'en a tout simplement pas envie, on voudrait renoncer, pourquoi ne pas simplement se laisser être, devenir objet, inerte, laisser le temps faire son œuvre en se contentant de faire le nécessaire pour survivre ? Se foutre la paix, faire l'autruche, se gaver d'ordinaire et attendre que ça passe sans trop souffrir ?

La grossesse m'apporte un répit. Chose inouïe, je suis requise par une fonction vitale qui ne concerne pas mon propre corps, je ne suis plus à moi-même ma propre fin, je deviens un moyen ; et chose encore plus inouïe, je le vis bien. Être enceinte me repose de moi. Quelqu'un remplit l'espace entre le monde et moi, un paravent bien commode, ce n'est plus moi qu'on regarde, c'est mon ventre. Et on me félicite.

Ceux qui savent

Je suis gênée par ce que j'écris. Des décennies de combat féministe pour finalement affirmer que l'attente de la naissance de mon enfant m'apporte la stabilité que je recherche depuis que je suis née. Mon ventre est gros et rond, un ballon gonflable au-dessus de ma ceinture. Le regard des autres a changé, où que j'aille, je reçois de l'attention. Je ne suis plus « une autre », je suis devenue une autre *intéressante* qui déclenche immédiatement des vagues d'empathie. Les regards qui se posent sous mes seins sont tendres et respectueux. Tous me sourient, avec la complicité de ceux qui savent ou l'envie de ceux qui voudraient être à ma place. J'en voudrais presque à ceux qui restent de marbre. Comment, vous n'avez pas vu ? Baissez le regard, regardez cette poitrine proéminente, et la masse de mon ventre devenu sphère ! Cet abdomen qui de deux pas en tout lieu me précède ne vous inspire-t-il aucun alexandrin ?

Puisque ce n'est pas à ma naissance, mais à celle, imminente, d'un autre que moi que je dois ce statut d'exception, mon surmoi janséniste s'accommode à merveille de cette situation. Ce n'est pas moi que vous admirez, mais l'événement en train de se faire, alors, surtout, regardez-moi ! À l'inverse, la complicité forcée m'exaspère ; je veux bien qu'on me regarde, mais en silence. Chaque personne qui se sentira en terrain familier vivra la vue de ce globe comme une invitation à partager son expérience. Plus mon ventre grossit, plus ceux qui savent se sentent proches de moi et me confient leur expérience de parentalité. Ils engagent la conversation dans une proximité familière et entendue ; je ne demande rien, mais ils me disent tout.

Dans la file d'attente pour récupérer un colis, un homme vient vers moi : « Vous avez une idée de ce que vous vous apprêtez à vivre ? » Il ne doute pas une seconde qu'il a quelque chose à m'apprendre. Il insiste : « C'est votre premier, n'est-ce pas ? » Je veux lui donner tort. « Non, c'est mon quatrième. » Son regard se lève vers le mien, incrédule. « Ah ! Alors, vous savez ! » Je souris, l'air assuré.

Beaux-fils et remariage

J'ai en effet trois beaux garçons qui m'attendent à la maison. Je dis qu'ils sont beaux car ce sont mes beaux-fils, avec un trait d'union. J'ai de la chance, ils sont vraiment beaux. Mais ce ne sont pas mes fils. Ils ont chacun une mère. Je suis la belle-mère, ce qui ne me rend ni belle, ni mère. Je suis celle à qui l'on ne conteste pas le droit de coucher avec le déjà-père et à qui a été, de justesse, accordé le privilège de procréer à son tour avec le même homme. « Quatre, c'est beaucoup », soupire-t-il en caressant notre fils sous ma peau. « Moins fort, il va t'entendre ! »

Ses enfants ne sont pas mes enfants, mais la moitié de la semaine, nous vivons sous le même toit. « Te voilà belle-mère ! » m'avait-il lancé le jour où, mes habits fraîchement installés sur les cintres de son placard, je m'apprêtais à fêter mon installation en fumant des cigarettes dans un bain moussant. Lui, ému de cette intronisation symbolique qui attestait de la place que j'occupais dans son cœur (place qui comprenait des avantages non négligeables en cas d'absence de nounou) ; moi, troublée par cette nouvelle responsabilité trop légèrement anticipée et sentant soudain le poids des ans peser sur mes épaules, on s'était longuement regardés, un peu gênés par cette nouvelle formalité, nous qui n'avions jamais voulu entendre parler de pacs ni de mariage, qui avions mis des années à assumer notre statut de « couple » et autant d'années à accepter de vivre ensemble dans la « conjugalité ». Soudain le mot était prononcé, et je m'interrogeais sur les prérequis d'un tel statut. Une belle-mère est-elle, comme la Première dame de France, celle à qui aucune fonction claire n'est attribuée mais qui, dans les faits, travaille jour et nuit aux côtés de son mari ? Était-il trop tôt pour parler salaire et notes de frais ?

« Je ne te demande rien, avait-il dit en me regardant droit dans les yeux. Tu seras aussi libre qu'avant. » Il savait me parler.

Je connais mes beaux-fils par cœur. Je connais leur histoire, je sais à quoi ressemblait leur vie avant mon arrivée, j'ai appris la naissance du deuxième avant que tout commence, et même une fois que tout a commencé, l'étiquette de « belle-mère » n'était jamais utilisée. Je n'habitais pas avec leur père, je n'avais que les bons côtés, nos retrouvailles régulières ne s'enlisaient pas dans le quotidien, c'était toujours la fête, la famille surprise et les vacances joyeuses. Je n'étais plus spectatrice, je composais un nouveau rôle qui combinait l'amour pour leur père, mon savoir-faire d'animatrice et mon envie d'être maman.

Je n'étais pas la belle-mère, j'étais « l'amoureuse de Papa ». C'est plus prudent.

Et de fait, des années plus tard, j'ai temporairement changé de statut, je suis devenue « l'ex de Papa », mais celle dont le ventre était resté vide, et je ne savais pas comment garder le lien avec des enfants dont je n'étais ni la mère, ni vraiment la belle-mère, ni la mère de leur frère ou de leur sœur, mais sans doute encore l'amoureuse-de-Papa-mais-c'est-compliqué. Je n'avais pas trente ans et j'ai tout inventé dans ma relation à eux, le type de tendresse que je leur donnais, une tendresse respectueuse attentive à leurs besoins de jeunes enfants à qui leur mère manquait quand on partait loin, veillant plus que tout à ne jamais prétendre occuper la place de mère qui n'était pas la mienne. J'ai tout inventé et j'ai aimé écrire ce rôle qui n'avait aucune partition.

Le seul moment vraiment douloureux arriva à l'heure de leur dire au revoir, je dus leur expliquer que je me séparais de leur père mais que ça ne voulait pas dire que je les abandonnais, qu'on pouvait continuer à se voir bien sûr quand ils le voudraient, que je ne serais jamais loin, et ma gorge se serrait car je savais que je n'allais pas les revoir bientôt, la séparation s'imposait avec leur père et les bonnes relations que chacun entretenait avec leurs parents ne laissaient aucune place vacante pour des dimanches après-midi avec leur ex-même-pas-belle-mère. Je ne doutais pas un instant de la nécessité de cette rupture, mais ma détermination a vacillé au moment de les embrasser pour la dernière fois. Je n'oublierai jamais le regard silencieux du second, dans son lit; il m'a écoutée parler puis il a retiré ses lunettes, m'a tourné le dos et a fait mine de s'endormir, je lui ai passé la main dans les cheveux une dernière fois puis je suis sortie et j'ai pleuré toutes les larmes de mon corps en rentrant chez moi.

J'ai voulu raconter cet adieu si particulier à ces enfants que j'aimais et que je n'allais plus revoir, mais les oreilles que je rencontrais et qui savaient si bien accueillir le récit d'une rupture amoureuse à laquelle elles pouvaient facilement s'identifier, restaient coites devant mon récit. « Tu vas le revoir, ne t'inquiète pas », m'entendais-je répliquer, mais je venais de briser le cœur d'un petit garçon en lui imposant une seconde séparation dans sa si courte vie d'enfant de parents déjà séparés. Je me sentais coupable et égoïste, indigne d'une responsabilité dont je ne prenais vraiment la mesure qu'à cet instant. Cette séparation était mutuellement consentie, on n'allait pas revenir en arrière pour épargner les enfants. Mais leur présence alourdissait notre décision d'un poids que je ne soupçonnais pas. En partant, je ne quittais pas seulement un homme, je quittais aussi ses enfants, ça ne m'était jamais arrivé, et j'ai beau regarder des séries, lire des livres et aller au cinéma, je n'ai pas vu de description ou de mise en scène du type de chagrin qu'une presque-belle-mère ressent au moment de quitter ses beaux-enfants magnifiques.

J'étais donc devenue une ex, une ex qui continuait à coucher avec son ex mais une ex sans progéniture, une ex qui cherchait à prendre sa vie en mains et qui glissait chaque semaine plusieurs billets dans la main de son psy dans l'espoir d'y parvenir et de régler ses problèmes avec sa mère (l'un impliquant souvent l'autre), une célibataire provisoire et, il faut bien l'admettre, malheureuse de l'être. Je ne voyais pas les enfants, j'ai croisé un jour le second par hasard en terrasse d'un restaurant où il déjeunait avec son père, il n'a toujours pas dit un mot mais cette fois c'est lui qui a fondu en larmes, il a couru aux toilettes pour se cacher, et le soir même, sa mère, pour la première fois depuis que tout avait commencé, m'a appelée pour me proposer de rendre visite à son enfant.

Comble de l'ironie, alors que c'était sans doute la distance récemment acquise entre son ex et moi qui rendait son appel possible, ou en tout cas plus facile, j'étais ce soir-là à côté de « notre » ex dont j'étais en train de retrouver le statut d'amoureuse. Nous avions chacun vécu de longs mois à quelques rues l'un de l'autre mais l'un sans l'autre, même nos corps avaient fini par s'éloigner avant que je ne finisse par accepter que ce qui me rendait malheureuse, ce n'était pas lui, ni ma mère, mais la vie sans lui.

J'en pris conscience un lendemain de fête où j'avais dansé avec des gens que je ne connaissais pas, embrassé un inconnu qui me plaisait, et étais rentrée seule, dépitée, constatant mon absence totale de désir pour d'autres bras que les siens, mon désintérêt pour d'autres vies que la sienne, mon dégoût à l'idée de me réveiller à côté d'un autre corps que le sien. Pendant notre séparation je m'étais divertie, je m'étais inventé des passions pour des gens bien, vraiment « très bien », avant de périr d'ennui et de lassitude. Je voulais croire à autre chose, je voulais me persuader que ma vie était mieux sans lui, je luttais contre cette vie et j'avais crié victoire le soir où, ivre, après une soirée passée avec lui chez des amis en commun, j'avais décliné son invitation à passer la nuit ensemble et j'étais rentrée seule, fière, me félicitant d'être enfin totalement détachée de ce que je vivais comme une aliénation, avant de me retrouver, un peu con, c'est vrai, entre les quatre murs de mon petit appartement au lit beaucoup trop grand.

Trois semaines plus tard, lendemain de soirée, donc, je l'appelai, et prononçai d'une voix calme et tremblante une déclaration d'amour que son répondeur accueillit avec sobriété. Je ne doutais pas de moi et, surtout, je n'attendais rien de lui. D'avoir enfin baissé la garde et accepté que malgré toutes mes velléités d'indépendance et les bonnes raisons qui me poussaient à *ne pas* vivre avec lui, je voulais *quand même* vivre avec lui, que tout mon corps, mon désir et mon être me portaient vers lui et seulement lui, au mépris de mes assertions de femme insoumise et malgré la liste interminable de reproches que je lui adressais quotidiennement dans ma tête, là était une victoire, et sans doute la plus féconde de mon existence. Peu importait sa réponse, j'avais nommé et reconnu mon désir, et moi qui n'avais jamais été mariée, j'étais prête à me remarier. Loin de me sentir aliénée, je me sentais enfin libre, et beaucoup moins seule.

Il faut très peu de temps pour concevoir un enfant. Notre séparation, qui n'avait semblé longue que par l'aspect définitif que nous avions tenu à lui donner, avait suffi pour qu'un troisième fils vienne au monde. Les deux aînés avaient désormais un petit frère, né d'une troisième mère, qui n'était bien sûr pas moi. Me suis-je posé la question, au moment de me remettre avec leur père, de savoir si trois, c'était trop ? Deux, passe encore, mais trois, non merci ? J'ai dit oui aux fins de semaine avec enfants, oui au groupe WhatsApp des (beaux-)parents d'élèves et aux repas de Noël en compagnie des ex-femmes et des nouveaux maris. Choisir de vivre avec lui, c'était choisir cette vie-là, cette vie sans ennui, sans modèle ni mode d'emploi, où les départs sont aussi nombreux que les retrouvailles, où établir les emplois du temps demande un niveau d'agrégation en mathématiques, où le passé se rappelle à vous sous la forme d'un petit être qui tache sa chemise et qui vous remémore que vous n'avez pas toujours été là, mais qu'aujourd'hui c'est bien vous qui y êtes, et qu'au moins, cette fois, c'est sûr, vous n'êtes plus du tout seule – et vous finirez par donner très cher pour pouvoir partir ne serait-ce que vingt-quatre heures à quelques kilomètres de la maison pour retrouver avec délectation le goût de ces heures creuses que seule la solitude permet.

« Trois ? Mais tu es une sainte ! » s'exclament-ils lorsque j'annonce le nombre de grands frères de mon futur fils. C'est tout l'inverse. Une sainte n'a pas de désir, ou bien elle se sanctifie en sacrifiant son désir. Je ne sais qu'une chose : la vie que je mène aujourd'hui, je l'ai choisie. Et même quand elle me rend dingue, je sais que c'est la seule qui m'aille.

À la recherche du bonheur

À quel moment ma vie a-t-elle rejoint mon sujet d'étude ? À moins que ça ne soit l'inverse ? Moi qui avais toujours rêvé de faire du cinéma pour jouer d'autres rôles que le mien (qui me paraissait indéchiffrable), et qui étais revenue depuis longtemps de mes envies de mariage, je devins ainsi l'auteure – et l'interprète – d'une comédie de remariage.

À Chicago, après ma lecture d'Emerson, plus j'essayais d'énoncer théoriquement le problème de la vie ordinaire (pourquoi en est-il si peu question chez les philosophes ? me demandai-je, désemparée, quand il fallut esquisser un sujet de thèse pour valider une scolarité qui n'avait été pour moi qu'un second choix), plus l'intensité de son effet sur moi croissait, moins je parvenais à le nommer. J'intercalais entre l'ordinaire et moi des couches de protection qui me le rendaient digeste. Je travaillais à corps perdu, je courais tous les matins, je sortais tous les soirs, et dès que je m'arrêtais, le cafard apparaissait à nouveau sur mon oreiller.

Arnold Davidson m'avait conseillé de poursuivre mon enquête en donnant sa chance au travail de Stanley Cavell, qui enseignait à Harvard et qui avait désigné Emerson comme le premier penseur de l'ordinaire. *À la recherche du bonheur*: le titre du livre résonnait comme une promesse que j'accueillis d'abord avec ironie. Comme si la philosophie pouvait rendre heureux ! Le bonheur n'était pas ce que j'en attendais ; j'y cherchais plutôt le secours d'un compagnonnage fiable et la validation d'un scepticisme de bonne composition qui, si j'avais pu le formuler, aurait tenu en deux phrases : l'existence n'a aucun sens, laissez-moi jouir en paix.

Les mots ne manquaient pas pour désigner la première phrase – l'« absurde » (le monde n'est pas là pour me faire plaisir), la « contingence » (j'aurais pu ne pas naître), le « scepticisme » (même s'il y avait un sens, je ne pourrai pas le connaître). Jouir, en revanche, ne semblait pas être le premier souci des penseurs qui m'étaient familiers. « On s'essaie à jouir et à faire des expériences », avais-je lu dans *Noces*. « Mais c'est une vue de l'esprit, ajoute Camus. Il faut une rare vocation pour être un jouisseur. »

Que la jouissance soit une question de caractère et non une décision emportait mon assentiment. C'est ce qui la distingue de la joie. D'Aristote à Spinoza, l'éloge de la joie m'avait profondément ennuyée. Sous la plume de ces auteurs, la joie, ou la béatitude, ou encore l'allégresse, étaient présentées comme le but ultime de l'existence. J'y voyais une résignation pompeuse et solennelle, un hymne façon Beethoven, l'occasion d'abuser des cymbales et d'écarteler les gosiers, une façon d'écraser les nuances du réel en lui tordant le cou pour mieux le faire entrer dans la grande confrérie de la Joie.

Surtout, les partisans de la joie s'accordent dans leur mépris du bonheur. Parce qu'il est éphémère, le bonheur est risible. Faut-il être ignare pour courir après quelque chose qui ne dure pas ! Le bonheur, insistaient ses détracteurs, ne signifie rien, c'est un mot qui désigne la suspension (toujours provisoire) de nos malheurs. Sans parler de ceux qui confondent bonheur et plaisir et, ce faisant, tournent le dos au meilleur de l'existence : l'exercice de la raison. Car oui, les philosophies de la joie la présentent comme un choix de vie rationnel, magistral et définitif. Désormais, je serai joyeux, puisque je l'ai décidé ! Regardez comme je souris, comme tout sur moi glisse et ne m'atteint pas, je suis du côté de la sagesse joyeuse, j'accueille chaque contretemps avec la distance requise pour ne pas en souffrir... Mais le joyeux ne jouit pas, trop occupé à sourire ; au mieux il se réjouit, ce qui est une demi-jouissance, une jouissance réchauffée, un oui sous forme de gémissement étouffé, pourquoi jouir quand on peut vivre dans la joie ? Pourquoi s'envoyer en l'air de temps en temps quand on peut être joyeux *pour toujours*? La joie est sans caprice. C'est ce qui la rend désespérante. Sans odeur ni saveur, elle ne tolère ni l'accident, ni le changement d'humeur, et elle me coupe l'appétit.

J'aimais, à l'inverse, l'imperfection du bonheur, le fait qu'il soit rarement sans mélange, qu'il puisse toujours être mieux, et qu'il ne tourne pas le dos aux plaisirs. Le bonheur est nuances, alternances et revirements, et tire sa raison d'être de sa cohabitation structurelle avec sa sœur la tristesse. J'en étais persuadée : sans l'alternance de bonheur et de tristesse qui compose notre existence, nous ne serions que de piètres jouisseurs. Mais de là à penser que la recette se trouvait dans un livre…

À la recherche du bonheur, donc, annonçait le livre, dont le sous-titre, « Hollywood et la comédie du remariage », convenait à l'étudiante de philosophie fâchée avec sa discipline. Sur la couverture, Cary Grant et Irene Dunne en tenue de mariés levaient la main droite en signe de serment tout en clignant ostensiblement de l'œil, comme pour annuler simultanément le lien marital qu'ils étaient en train de créer devant la loi.

Je découvrais ces couples stars dont chacun des films retenus par le philosophe racontait la séparation, puis la réunion. Je regardai *The Philadelphia Story*, *Adam's Rib* et *His Girl Friday* plusieurs fois, en me demandant qui de James Stewart ou de Cary Grant était le plus irrésistible.

Je fis la connaissance de Katharine Hepburn, dont j'enviai l'indépendance et la détermination pour finalement comprendre, au bout de plusieurs dizaines d'heures de visionnage dans notre appartement toujours aussi vide (malgré l'addition de palettes de bois empilées qui servaient de bureau), que la vie ordinaire était très précisément celle qui n'apparaissait pas au cinéma. Si ces films me faisaient rêver, c'est parce qu'ils me proposaient d'assister à un problème universel et souvent récurrent au cours d'une vie humaine (la séparation) en le présentant sous son meilleur jour : pas de temps mort, pas d'enfants donc pas de gardes partagées (même si le problème est évoqué au sujet d'un chien dans *The Awful Truth*), des engueulades écrites sur mesure, et, *last but not least*, une fin heureuse.

Dans les cas où les éléments du quotidien étaient intégrés dans le scénario (lessive ou préparation d'un dîner), c'était toujours à dessein, pour en faire quelque chose d'*autre*. Je tenais là une piste encourageante : et si mon problème avec la vie ordinaire était que je n'arrivais pas à en faire *quelque chose*? La vie ordinaire comprise comme tous ces moments qui ne sont pas retenus au montage, ces instants sur lesquels les scénaristes ne s'arrêtent pas, ces ellipses qui séparent une scène de la suivante, la succession des heures sans but, le poids du silence et la stérilité du bavardage, tout ce qui, dans une bonne histoire, ne sert à rien, dont l'inutilité est elle-même inutile, et qui compose la plus grande partie de nos vies ? Ces moments de vie qui ne servent à rien, où l'ennui n'éveille aucune fibre créatrice et n'apporte aucun repos, on en fait quoi ? On attend, les bras croisés, en enviant ces mondes où il suffit d'appuyer sur la barre espace pour mettre sur pause ?

L'Empire des lumières

Me revient en mémoire le tableau de Magritte qui m'avait tant déplu au musée Peggy-Guggenheim de Venise. Sur la toile, une maison grise faiblement éclairée par un lampadaire, lumière de nuit tombante qui contraste avec le bleu du ciel dans la partie supérieure de la toile. Tout est lugubre dans ce tableau, l'ombre comme la lumière, les deux fenêtres allumées derrière l'arbre noir gigantesque qui se découpe sur les nuages blancs moutonneux. J'y vois le soleil englouti à 17 heures par le solstice d'hiver dans une petite rue isolée et je ne peux réprimer une sensation de dégoût. Je ne suis même pas frappée par le caractère fantastique de la scène (le ciel bleu ne peut logiquement cohabiter avec la pénombre de la rue) tant l'ensemble me paraît uniformément repoussant.

J'apprends que l'artiste a réalisé des dizaines de variations de cette toile qu'il a baptisée *L'Empire des lumières*. Une seule version suffit pour me mettre sur la piste de mon malaise face à ce qui relève d'une scène absolument ordinaire – c'est-à-dire, en l'occurrence, dans laquelle il ne se passe rien. Le génie de Magritte réside dans le fait d'avoir figé pour l'éternité un moment où il ne se passe rien. Pourquoi alors un tel décalage entre la banalité de la scène et la violence de mon rejet ? *Anywhere out of the world !* imploré-je avec Baudelaire, à qui il n'a pas été donné la chance d'assister à une comédie de remariage entre un énorme insecte grouillant et une palette de bois.

La dernière croisade

La lecture de Cavell était ardue. Tout se passe comme si nous avions perdu notre rapport ordinaire aux choses, à soi et au monde, expliquait le philosophe. À travers l'ordinaire, Cavell pense une proximité brisée avec soi et un accident dans le fleuve tranquille qui nous lie au monde. Et c'est ce sentiment de perte de ce qui est pourtant toujours là – l'ordinaire – qui conduit le couple à la séparation. Je tournais les pages frénétiquement, je soulignais les phrases qui me parlaient sans que je les comprenne. Pourquoi la séparation était-elle la condition d'une union réussie ? Et si l'ordinaire désignait quelque chose de perdu, quel sens y avait-il à le fuir ? « La tâche de la philosophie est de nous ramener à nous-mêmes », poursuivait-il, sans préciser quand la séparation avait eu lieu. La philosophie, un remariage avec soi ?

Dans le meilleur des mondes, peut-être, mais pas dans mon cas. Je n'en démordais pas : le terme d'« ordinaire » devait signifier quelque chose d'autre qu'un point de fuite. Je traquais scrupuleusement une définition dans les ouvrages de Cavell et ne trouvais rien. Autant lui poser la question directement. Je pris l'avion pour New York puis le bus jusqu'à Boston, et sonnai à sa porte sous le ciel gris du mois de mars. Mr. Davidson l'avait prévenu de mon arrivée, il m'accueillit chaleureusement, se saisit de son chapeau et me proposa d'aller déjeuner.

Dégustant patiemment l'assiette de sushis qu'il avait commandés pour nous deux (les premiers de ma vie), il déplia pour moi le contenu de ses analyses en décortiquant des crevettes. Je ne voulais rien rater de cette fugace proximité avec le philosophe qui avait passé tant d'années à travailler sur ce qui me préoccupait. Il sait ! me répétais-je en observant sa manière de se tamponner la bouche à l'aide d'une serviette en papier, son élocution si claire, le ton étrangement doux de sa voix. Il sait, lui seul sait, et bientôt, moi aussi je saurai ! Je n'osais dire un mot. Ce ne fut qu'au moment de quitter le restaurant et de marcher d'un pas lent pour regagner son domicile que je trouvai le courage de lui poser la question qui m'avait conduite jusqu'à lui. Sa réponse fut sans appel : « *Oh but you see*... L'ordinaire n'est pas un concept. C'est une quête. »

Je venais de déjeuner avec Indiana Jones et le Graal n'avait jamais été si loin.

La vie quotidienne : mode d'emploi

Tout est prêt pour ces quelques heures. La valise pour la maternité sous le lit du bébé, les affaires soigneusement rangées, pour une fois. Mes habits d'un côté, les bodies, chaussettes minuscules et couches pas encore dépliées de l'autre côté. Ce ne sont pas des valises pour partir, mais pour accueillir. Me voilà contrainte d'investir l'univers domestique comme l'habitation future d'un autre que moi.

C'est le règne des objets qui commence, la vie quotidienne qui arrive sur le devant de la scène et qui dissipe, temporairement, le malaise ordinaire. La vie quotidienne est un rempart, c'est à elle que je demande d'apporter la tranquillité qui me manque.

Si l'ordinaire m'assomme, le quotidien, lui, m'est plus doux ; son royaume est ordre établi d'objets et de répétitions, qui, selon les moments, m'apporte un réconfort bienvenu ou une immense lassitude. Surtout, il présente le précieux avantage d'être modifiable à l'infini par mes soins. Je ne vis pas à Paris comme je vivais à Chicago, à Lyon ou à Strasbourg ; je fuis, comme une adolescente, les routines et les habitudes, je m'efforce (superstition ou trouble obsessionnel compulsif ?) de ne pas faire le tour du jardin du Luxembourg en courant deux fois de suite dans le même sens ; je déménage, je voyage, je travaille, je cours, je grimpe, je danse, je mange, je bois, je fume, je jouis, je dors, je glande, je m'épuise, je m'améliore, je me déborde, je me blesse, je chante, et je retrouve chaque fois, intacte, la nausée qu'éveille en moi le bercement du lave-vaisselle.

Et je ressemble à tout le monde. Je ressemble à cette femme sans âge que j'observe à sa fenêtre, charlotte sur les cheveux, éponge plate à la main, derrière le pot du bégonia. Elle aussi est débordée. Elle comble à sa façon le réveil difficile, la main qui cherche les lunettes sur la table de nuit, le regard déjà froncé vers les rideaux, de quelle couleur le ciel est-il aujourd'hui ? La tête qui se décolle de l'oreiller, l'appui sur le coude, la main à plat sur le lit, le corps qui pivote, les jambes perpendiculaires au matelas, les pieds par terre, les orteils dans les chaussons, le regard fixe au sol, prête à faire face. Les pas vers la robe de chambre, la ceinture qu'il faut nouer, la poignée à tourner, le couloir à traverser, l'odeur de poisson dans la cuisine, le pain sous le torchon, la margarine dans le frigo, les gouttes du sachet de thé sur la toile cirée, la serviette sur les commissures des lèvres, le flash info à la radio, la tasse qu'il faut laver, le couteau qu'il faut essuyer, la vie qui ne s'arrête pas, la salle de bain, le robinet, les crevasses du savon, la serviette humide, le regard dans la glace, la peau, les poils, les taches, les lèvres, le peigne, le dentifrice, les habits, le tablier, le ménage, arroser les plantes à la fenêtre, nettoyer le pot de fleurs.

Quelle différence entre sa vie et la mienne ? Je fais tout plus vite. Mais je comble, moi aussi. La seule chose qui persiste quand on a tout changé, c'est cette fine pointe qui nous cloue à l'existence et nous rappelle que même en déployant des trésors d'imagination pour faire de notre quotidien un terrain de jeu imprévisible et passionnant, nous n'échapperons pas à l'écoulement des secondes ni aux stratagèmes que nous mettons en place pour nous donner l'illusion de garder la main.

Alors j'essaie d'établir avec le quotidien un pacte de non-agression. Le problème avec la vie quotidienne, c'est que les soucis n'y sont jamais graves. Ce ne sont pas des catastrophes, mais des petites pointes, des « épines domestiques » (le mot est de Montaigne) fourbes car imprévisibles, continuelles et inévitables. Un évier à déboucher, une toiture à réparer, et les rêves d'harmonie s'effondrent. Nous sommes si peu. Les tracas domestiques sont des drames en robe de chambre. À tout moment, ces phrases (« qui voudra de la tisane ? »), objets (le dessous de plat en liège légèrement brûlé) ou événements (« j'ai ENCORE perdu mes clefs, tu m'ouvriras ? ») transpercent l'épais matelas de déni qui enrobait, croyais-je, mon univers domestique. Quand le tangage est trop important, je m'accroche à ces épines comme à des branches pour ne pas dériver, mais une fois la stabilité retrouvée, elles se changent en piqûres qui infiltrent sous ma peau un acide corrosif. « C'est chose tendre que la vie », ajoute Montaigne, et si le quotidien peut, un temps, m'aider à en préserver la saveur, ses épines ont tôt fait de déchirer la toile dont j'avais soigneusement recouvert ce que je ne voulais pas voir.

Des épines domestiques aux échardes existentielles, il n'y a qu'un pas. Je préfère les battes de base-ball.

Petit à petit, le quotidien fait son nid. Il gagne du terrain. L'installation se change en forteresse et remplace le monde. La tête est pleine de choses à faire, de listes de courses et de serpillières à passer. Je décide d'en prendre mon parti et de ne faire aucune différence entre la vie quotidienne et la vie en général. Rien n'est soudain plus important que la couleur du papier peint de la chambre du bébé et l'installation du double vitrage pour le protéger des mugissements du camion poubelle à l'heure où blanchit la campagne urbaine. Je deviens un ayatollah du quotidien et j'accomplis chaque geste avec le soulagement d'avoir quelque chose à faire et la satisfaction d'y parvenir. Le quotidien est mon royaume, je l'observe avec l'œil du créateur, critique et béat. Chapeau l'artiste ! me félicité-je intérieurement en contemplant mon domicile fraîchement arrangé. Pas un bibelot, pas une miette qui ne reçoive mon approbation. Les ayatollahs du quotidien ne sont pas toujours maniaques : le désordre, aussi, réconforte. L'ordre du quotidien est subjectif, il est le miroir de son auteur. Il n'exclut ni la fantaisie, ni le laisser-aller. L'important est qu'il soit validé par son propriétaire. Quand le monde effraie, le quotidien est un refuge, une vie en miniature qui célèbre les noces de l'utile et de l'agréable. Femme au foyer cherche vitre à nettoyer.

J'ignore où je vais accoster mais, déjà, je me surprends à chantonner en disposant une petite couverture étoilée sur le drap propre de son berceau. Le liniment oléocalcaire pour nettoyer les fesses en douceur, les petits cotons carrés dans le pot prévu à cet effet, le bonnet moelleux et le petit doudou, le tout disposé harmonieusement autour de la table à langer, autel où je m'apprête à sacrifier la solitude et l'ironie. L'aventure est dans les détails, mon corps qui se penche pour attraper le torchon tombé par terre porte un autre corps en lui, et ma main ne peut pas toucher terre, le ventre fait obstacle, ça me fait sourire, je pose ma main sur l'obstacle et je souris de mon sourire en essayant de ramasser un torchon, je suis prise d'une douce euphorie en pensant à l'inconnu tant attendu, et je savoure cette transformation physique comme un antidote ultime à la lassitude.

À quoi ressemblera l'après ? J'attends un événement que je ne peux pas prévoir, dont je ne connais ni l'heure, ni la date, ni les modalités. Je sais seulement que ça va arriver. Je n'arrive pas à imaginer qui tu es – et voilà que, pour la première fois, je m'adresse directement à toi. Je ne peux pas imaginer ce que c'est que d'accoucher, te tenir dans mes bras, aucune image ne me vient. Ta naissance comme ma mort me sont inconcevables, elles ne renvoient à aucune expérience. Je ne connais pas ton visage, ni l'odeur de ta peau, je n'ai jamais entendu le son de ta voix, et pourtant je t'aime déjà. On peut donc aimer sans voir ? Mais qu'est-ce que j'aime ? Pas seulement l'idée que je me fais de toi. Un amour qui précède la rencontre, ça existe ? Un amour indubitable et inconditionnel indépendant des qualités physiques ou morales de la personne. Première fois que ce ne sont pas des paroles en l'air.

L'amour qu'on porte à son enfant n'est pas toujours proportionnel à celui qu'on éprouve pour la personne avec qui on l'a conçu, mais quand ça arrive, la chambre à coucher se transforme en piscine de nuages roses. Je suis boostée aux hormones, un filtre Barbapapa s'est déposé sur la réalité, mon impatience heureuse fait écran, et je m'y adonne entièrement. Je ne me demande pas comment je vais m'y prendre, je ne demande pas de conseils à ceux qui savent, ma sérénité me surprend. Je vais faire ta connaissance, et c'est toi qui vas m'apprendre, je ferai non pas ce qu'il faut faire, mais ce dont tu auras besoin. Et ensuite ? Aucune idée.

En route vers l'aventure !

De retour en France, frustrée de ne lire chez les auteurs qui m'accompagnaient depuis tant d'années aucune définition satisfaisante de l'ordinaire, mais désireuse de lui faire la peau, je tentai, déformation professionnelle, d'en faire un concept. Si la paix ne pouvait s'obtenir qu'au prix d'un combat, j'étais prête à engager un corps-à-corps contre l'ordinaire avec pour seule arme, le langage. Ce n'était pas une décision réfléchie mais un mécanisme de défense contre un sujet obsédant et littéralement innommable.

Le concept rassure : il est une promesse de travail à venir et une manière de tenir à distance ce que l'on ne parvient pas à saisir. L'ordinaire étant trop près de moi pour que je puisse en cerner les contours, je procédai comme une myope recule d'un pas pour mieux discerner le visage de son interlocuteur.

Je décidai de profiter d'un séjour estival dans

la maison familiale pour me mettre au travail et rédiger un « essai sur l'ordinaire ». « Sur quoi ? — Sur l'ordinaaaai-reuh ! » hurla ma grand-mère à l'oreille de mon grand-père qui n'entend rien lorsque ses appareils auditifs ne sont pas allumés. Devant le regard hagard de son mari, elle leva les mains au ciel en signe de renoncement. « Que veux-tu, me lança-t-elle dans un soupir exaspéré, il n'a pas mis ses oreilles. » Mon grand-père n'a pas seulement des tympans abîmés, il porte, depuis la guerre d'Algérie, un œil de verre. Petite, je l'avais surpris en train d'enlever sa prothèse afin de la nettoyer. Je guettais par l'embrasure de la porte le moment où j'allais enfin *voir* l'envers du décor. Une absence d'œil, ça ressemble à quoi ? Alors que sa main reposait dans une petite boîte l'organe amovible, le reflet du visage dans le miroir me mit face à la réalité nue. Et que vis-je ? Rien. Il n'y avait, à strictement parler, *rien* à *voir*, pas de trou, pas de porte vers un autre monde, une muqueuse rouge qui ne faisait pas peur et qui ne m'apprenait rien, si ce n'est que tout était déjà là, devant *mes* deux yeux, sans mystère ni au-delà, la réalité sans artifice. L'œil de verre ne cachait rien, il montrait qu'il n'y avait rien d'autre à *voir*.

Je commençai par déplacer une table en plastique et un parasol à côté des vignes, sur la cime de la colline, à l'opposé de l'endroit où se trouve la maison. Le roulement sourd des graviers sous les pneus qui freinent annonça de nouveaux arrivants. « J'irai les saluer plus tard » – l'heure était au travail. Le vent d'autan faisait claquer la toile du parasol au-dessus de ma tête comme un battement de paupières frénétique. Je reculai ma chaise pour extraire mes jambes de l'ombre moite sous la table et remontai mon pied gauche, le talon contre ma fesse, le genou à hauteur du menton. Devant moi, au milieu du champ de tournesols, j'aperçus la silhouette immense de mon père, un chapeau de paille sur la tête, mon neveu riant aux éclats sur ses épaules. J'ouvris mon ordinateur, pris une inspiration, m'apprêtai à écrire… quand le téléphone sonna.

« Bon, comment vas-tu ? »

La phrase tomba comme un couperet.

Elle appelait juste pour un détail, et, pensant naïvement que notre degré de familiarité était tel que l'on pouvait s'appeler pour quelques minutes sans préciser les modalités présentes de notre existence, je m'apprêtais à raccrocher, ayant noté scrupuleusement l'heure d'arrivée de son train la semaine d'après, lorsque la phrase s'infiltra dans mes oreilles comme une aiguille à tricoter.

« Bon, comment vas-tu ? » – qui sait répondre à cette question ? J'essayai de faire l'inventaire des sentiments qui composaient l'instant T pour être le plus exacte possible. L'enthousiasme ostensible avec lequel la question était posée (peut-on *poser* une question comme on pose un objet sur une table ?) ne parvenait pas à recouvrir son étouffante solennité. C'est moins la réponse qui l'intéressait que l'obligation de prononcer cette phrase, tout comme il *faut* traverser sur les clous pour atteindre le trottoir d'en face.

Mais le (meilleur du) pire n'était pas dans l'aspect convenu de la demande. Ce qui m'apparaît insoutenable chaque fois que ma mère me pose cette question c'est que derrière le passage obligé s'exprime une sincère sollicitude. Elle veut vraiment savoir *comment je vais*, non pas à l'instant où l'on se parle mais en général, si mon existence me convient, si je suis heureuse, si je me bats *comme il faut*, si je ne suis pas dépressive. J'entends dans cette phrase la conscience aiguë de sa responsabilité à mon égard, ce qui bloque immédiatement toute possibilité de répondre par la négative. Répondre « bien », c'est parfois mentir, mais répondre « mal », c'est déclencher un cataclysme. La question qui est vraiment posée n'est pas : « comment vas-tu ? » mais : « ai-je été une bonne mère ? ». Je m'en sors généralement par un « ça va » suffisamment neutre pour laisser entendre que je ne souhaite pas développer.

Mais il lui en faut plus. Elle ne peut pas s'arrêter là. Il lui faut des faits, des informations, des données à inscrire sur son tableau, les problèmes en abscisse et les bonnes nouvelles en ordonnée de manière à tracer la courbe de mon bien-être sur l'écran de ses préoccupations. Elle s'empare alors d'une bribe d'un message envoyé la semaine précédente dans l'espoir d'engager le début d'une conversation. Comment s'est passé ton rendez-vous avec la dermato ? Qu'as-tu pensé du film ? Ton vélo est-il réparé ? et je dois saisir la balle au vol, me défaire de mes soucis profonds et de mes pensées inavouables pour entrevoir mon existence sous l'angle des faits qui la composent.

Je pourrais accueillir cette nouvelle demande comme une occasion de me divertir, raconter au lieu de réfléchir, suspendre provisoirement des questionnements infinis, répondre à la *pose* d'une question par une *pause* bienvenue dans le torrent existentiel, mais c'est exactement l'inverse qui se produit. Sans le savoir, elle était en train de me conduire au cœur de mon sujet, ce qui me rendait la conversation particulièrement irritante. Qu'un fait insignifiant puisse devenir l'objet d'une interrogation et le point de départ d'une discussion l'érige en *événement*, il entre dans le règne de *l'intéressant*, il est à deux doigts de devenir *important*, et c'est le barrage patiemment construit entre moi et la vie quotidienne qui s'effondre en un instant.

Si à la question : « comment vas-tu ? » j'ai le malheur de répondre : « mal », la réponse est un « pourquoi ? » à la fois empathique, moralisateur et suspicieux. Le léger trémolo dans la voix indique que l'existence d'un problème a bien été prise en compte et que le ton a été ajusté à la situation ; l'accent mis sur la dernière syllabe, le pourquoi qui se termine en l'air, ouvre un espace interrogateur qui laisse entendre que les choses ne peuvent pas aller *si* mal, et le ton général de désolation fait très clairement remarquer qu'il aurait mieux valu qu'il n'en soit pas ainsi, et donc que j'aurais dû agir, en amont, de manière à éviter d'être dans cette situation qui est surtout inconfortable avant d'être grave – l'inconfort venant de la difficulté, lorsqu'on va mal, à maintenir une alimentation saine, à pratiquer une activité physique régulière et à se coucher à heure fixe tous les soirs. Une mère est une mère.

Bien sûr, quand la situation est objectivement grave (c'est-à-dire en cas de danger vital : décès, maladie incurable, ou vendeur de fruits et légumes absent du marché ce jour-là), la distance suspicieuse n'a plus de raison d'être, l'empathie peut jaillir sans réserve et se répandre abondamment sur le drame qui porte enfin bien son nom. Alors ce n'est plus le ton mais le silence qui devient insupportable, car c'est un silence composé de sanglots étouffés qui hurlent au combiné : « tu vois comme je me retiens de pleurer, pour ne pas te montrer que je perds pied et que je suis submergée par la douleur ! », tandis qu'en réalité, les sanglots silencieux, loin d'exprimer la sollicitude, révèlent l'incapacité d'exprimer la compassion autrement qu'en donnant à entendre que la gravité de l'événement dispense d'une réponse *attendue*.

Je raccrochai, et me dis que dans ma quête en direction de l'ordinaire, le langage était à la fois mon allié et mon ennemi. C'était toujours ça de pris.

Le chemin des épreuves

Je reposai mon téléphone, bus à grandes goulées, et décidai d'appliquer à la lettre les conseils d'Emerson. « Je ne demande pas le grand, le lointain, le romanesque… j'embrasse le commun, j'explore le familier, le bas et suis assis à leurs pieds. »

Mon ventre se mit à gargouiller en signe de faim. Le bruit était net et rapide, un gargouillis fonctionnel qui eut l'élégance de disparaître aussitôt. La sensation de faim me faisait l'effet d'une pierre lourde et j'espérai duper mon estomac en vidant la moitié de ma gourde. Explorer le familier et s'asseoir à ses pieds… je croisai les jambes, la chaleur s'abattit sur moi comme une liane invisible et brûlante qui colla mes deux cuisses ensemble. Je repris une gorgée d'eau et commençai à écrire « mon » essai. Première étape avant le concept : la définition. Aucun mot ne me vint. J'effaçai le terme de « définition » et le remplaçai par celui de « description ».

Dans le langage courant, le terme « ordinaire » est utilisé comme adjectif pour qualifier ce qui ne présente aucune caractéristique remarquable. Une journée ordinaire sera oubliée le lendemain ; un homme ordinaire ne présente aucun trait saillant ; un croissant ordinaire est un croissant sans plus, un croissant « tout court », un croissant qui se contente d'être un croissant, ni plus ni moins, un croissant avec des airs de défaite, faute de mieux mais « c'est déjà ça ».

L'ordinaire, c'est le degré zéro de l'existence. Cette personne n'est ni belle ni repoussante, elle est *ordinaire*, rien à signaler, rien à ajouter au constat de son existence – comme si, à tout prendre, il valait mieux qu'elle n'existe pas *du tout*.

Comme adjectif, « ordinaire » est synonyme de « banal », mais la possibilité de se voir accoler un préfixe (« extra ») lui confère une possibilité de noblesse. Le banal est condamné à le rester ; l'ordinaire, lui, déplace parfois le regard vers ce qui le dépasse et qui est aussi son remède, l'*extra*ordinaire, qui laisse entendre un événement hors du cadre, et un hors-champ plus intéressant que le gros plan. Le banal est déprécié parce qu'il appartient à tous (un four banal était, au Moyen Âge, un four que le seigneur rendait disponible à ses vassaux contre de l'argent ; par extension, le terme désigne ce qui est à la disposition de tout le monde. Le banal, c'est le cauchemar du snob). Le mépris à l'égard de l'ordinaire s'explique par le même syndrome – ne surtout pas ressembler aux autres – mais son étymologie diffère.

La vessie pleine, je dus m'interrompre. J'avançai un peu plus loin encore, tout au bout de la cime, derrière un bosquet, au cas où quelqu'un aurait fait irruption. Je choisis une mare de soleil près du champ, de manière à pouvoir m'emplir le nez et les poumons de l'odeur de la paille coupée au passage, et je m'accroupis. J'observai le jet sûr et droit qui se transformait en petite rigole entre mes pieds. Malgré la pente, le liquide n'alla pas très loin ; je me relevai et me reculottai dans un même geste. Bonheur et inconfort de s'adonner à cette activité en plein air, quelques résidus de gouttes logés entre mes cuisses se déplaçaient légèrement à chaque pas vers la table de travail. Je repris le cours de mes réflexions.

En latin, le mot *ordinare* signifie mettre en ordre. Que met-il en ordre ? Ce qui lui préexiste et que j'appelle le bordel. L'ordinaire n'est pas premier, il vient s'ajouter à quelque chose qui existe déjà et qui, sans l'ordinaire, serait invivable. D'abord, le bordel ; puis l'ordinaire. Mettre en ordre – c'est le travail domestique par excellence. Ranger, nettoyer, remettre les objets *à leur place*, organiser les journées : autant de façons de lutter contre le désordre.

C'est aussi le travail de la connaissance. Aristote établit des catégories de pensée à travers lesquelles l'intelligence peut saisir le réel : la quantité (cette chose est *grande*), la qualité (cette chose est *solide*) sont des manières que nous avons d'appréhender par la pensée ce qui se présente à nous. Kant définit ces catégories indispensables à l'acquisition de toute forme de connaissance comme « des manières pour l'esprit humain *d'ordonner* le divers ». Autrement dit, connaître, c'est mettre en ordre le « divers » bordélique.

Imaginez un monde sans maisons : ce serait un amas d'objets et de personnes entassés dont la vie serait impossible. Les catégories sont les maisons de la pensée, sans elles, on ne pourrait pas connaître, on lutterait contre ce qui nous arrive comme un homme dans un cyclone. La sauvagerie de l'existence nous frapperait en plein visage. Mettre en ordre, c'est-à-dire trier, classer, distinguer, nommer, autant d'actions sans lesquelles aucune connaissance ne pourrait jamais être considérée comme acquise et sans lesquelles aucune civilisation n'aurait jamais vu le jour.

« Qui veut faire un jeu ? »

Je sursautai. La gourde se renversa sur mon ordinateur et son contenu se vida sur l'herbe sèche et jaunie. L'eau percuta le sol en un bruit sourd, immédiatement aspiré par le silence de la terre. J'expliquai à mon jeune cousin qui venait de traverser la France en voiture et qui était déjà en slip de bain que je n'avais pas envie de jouer, que cette semaine j'allais travailler, et il repartit, l'air hébété, le maillot dégoulinant d'eau de piscine, à la recherche d'autres participants.

Je n'étais pas inquiète pour lui : le jeu de société est à notre famille ce que la messe ou le shabbat sont à d'autres, mais tous les jours, et plusieurs fois par jour. Faire un jeu de société, c'est céder à l'injonction du commun. Rassembler nos humeurs, nos haleines et nos pensées noires pour en faire une activité fédératrice qui célèbre le plaisir d'être *ensemble*.

Pure redondance : ensemble, nous l'étions, ce jour-là. Mais ça ne suffisait pas. Il fallait faire une activité, pour ne laisser aucune place à l'ennemi qui n'est jamais nommé, comme si le temps passé chacun dans sa chambre privait des points « instant social » qu'on pourrait ensuite inscrire sur le frigo en guise de souvenirs. Le collectif s'abat comme un décret : peu importe ce que je ressens ou ce que je veux, je suis là donc je suis embarquée. Surtout, ne pas avoir l'air inactif ! Sous peine d'être saisie au collet par la main du collectif et projetée dans une activité (jeu, discussion, promenade) dont le seul but est de subir ensemble le passage du temps tout en feignant de s'intéresser à autre chose.

Planquée derrière mon ordinateur, j'avais une bonne excuse pour passer mon tour. Mais la scène m'était si familière que je pouvais la vivre à distance.

« Qui veut faire un jeu ? » Chaque fois que le couvercle se soulève, je sens la nausée qui s'installe. Comme si l'instant social ne suffisait pas, voilà qu'il est proposé, pour une heure, d'adopter d'autres règles dans le seul but d'écraser les autres de sa victoire. « Une heure n'est pas une heure, écrit le spécialiste du temps perdu, c'est un vase rempli de parfums, de sons, de projets et de climats », et pour parfaire l'éducation de Proust qui n'avait manifestement jamais été invité à prendre place autour d'un plateau de Monopoly, j'ajouterais volontiers : c'est une marmite percée dont l'eau glacée se répand goutte après goutte sur un crâne qui n'a rien demandé et qui rêve d'aller se coucher ou de travailler en paix.

Sur le champ de bataille

Quand l'instant social élit le jeu de société comme activité, le *commun* se révèle sous son vrai jour : une guerre de chacun contre chacun déguisée en célébration de l'instant présent. Le but est de gagner. La pulsion destructrice qui ronge chaque individu en société et le conduit à fumer vingt-cinq cigarettes par jour ou à nourrir des hamsters en cage pour épargner son semblable peut enfin, légalement, officiellement, allègrement, s'en donner à cœur joie.

Les cartes sont distribuées, les pions attribués, les billets alignés devant le rebord du plateau, les bras s'étirent, les doigts s'échauffent, encore une ultime vérification (selon les participants et l'heure de la journée : « qui veut une bière ? / je te ressers du thé ? ») et le premier lancer de dés se fracasse sur le plateau comme un moteur de formule 1 rugit au moment de quitter la ligne de départ. D'abord les voix se font discrètes, les interactions restent polies, puis, progressivement les sourcils se froncent, les lèvres se crispent, tout ce qui se trouve à l'extérieur de la périphérie du plateau disparaît. Le jeu de société est un miroir où les masques tombent et les passions secrètes jaillissent. C'est le ridicule du légalisme qui ne se cache plus : du moment qu'on respecte les règles, on peut tout faire. Y compris devenir superstitieux en embrassant ses poings avant de lancer les dés. Y compris parler à son fils comme à un dealer du RER B. Et à son grand-oncle comme à un garçon de cinq ans.

L'irruption d'une scène de la vie ordinaire au sein de mon travail m'apportait une nouvelle confirmation du problème dont je souhaitais venir à bout. Depuis la terrasse, de l'autre côté de la maison, des cris fusaient. Peut-être qu'en parvenant à nommer ce qui m'agaçait autant, la vie serait soudain plus douce ?

Pourquoi s'énervent-ils autant ? Faut-il avoir si peu de goût pour la vie pour avoir autant d'énergie à investir dans un jeu ! Tant de concentration, tant de patience investies dans un jeu, c'est-à-dire dans quelque chose qui ne produit rien, ne crée rien, et qui dure une plombe ? Jouer ne me divertit pas. Jouer est la goutte d'eau qui fait exploser la vase.

Le récit des coups plus ou moins bas qui conduisent à la victoire finale agrémentera le déjeuner jusqu'au fromage. L'ensemble est composé de caractères qui ont grandi ensemble et dont le degré de familiarité frôle l'indécence.

Jouer, non pour devenir quelqu'un d'autre mais pour devenir celui que les autres pensent que nous sommes et que nous passons notre vie à fuir. En famille, on est ce qu'on est, une fois pour toutes. Les années, les remises en question et les changements de vie n'y font rien : nous sommes ce que les parents (au sens large) ont décidé que nous étions, et ils ont forcément raison puisqu'ils nous ont vus naître. Aucune métamorphose possible. Les révolutions internes sont accueillies comme des sauts de puce, avec un sourire ironique. Tu crois changer, mais je sais qu'il n'en est rien ; moi qui t'ai vu naître, je te connais mieux que toi-même.

Seule contre tous

Le soleil s'était déplacé, je pivotai pour laisser mon ordinateur à l'ombre et finir mon paragraphe.

Seule, sur ma table en plastique, je me prenais pour Henry David Thoreau, élève et ami d'Emerson lorsque, en juillet 1845, il décide d'aller vivre au bord du lac Walden dans une cabane construite de ses propres mains. Il faut l'imaginer accroupi (lui aussi) sous les arbres irradiés par le soleil d'été, en train, non pas de se soulager (qui sait) (il n'en parle pas), mais d'observer une rangée de haricots qu'il a plantés quelques semaines plus tôt ; ou tendant l'oreille et cherchant les mots pour décrire le bruit de la glace qui fond sur le lac au début du printemps. Animaux, plantes, météo, son journal de bord contient toutes les informations nécessaires à la survie dans les bois. De cette aventure est né un texte, *Walden*, qui figure aujourd'hui en tête des ventes de la littérature écolo et qui alimente le fantasme contemporain d'une vie sauvage à l'écart de la civilisation. Pourquoi l'état sauvage fait-il tant rêver ? Parce qu'on se dit que ce qui est sauvage est tout sauf ordinaire. Plus d'ordre, plus d'objet, une vie par le corps, avec des abris provisoires en guise de maisons et personne pour nous apprendre à penser.

La vie sauvage ? C'est beaucoup dire. Sa « cabane » a tout d'une solide maison qu'il construit patiemment, et qui, loin d'être perdue au milieu des bois, se situe à un mile seulement de son voisin le plus proche. Dans les bois, aucun tigre, mais des tourterelles ; le sifflement n'est pas celui d'un animal féroce mais du train de marchandises qui longe les arbres plusieurs fois par jour et dont le spectacle réjouit le cœur du philosophe autant que le dégel du lac. Thoreau vit seul dans sa maison mais consacre un chapitre à expliquer le soin qu'il met à recevoir chaque jour de la compagnie afin de commenter les nouvelles du jour.

Je levai un instant le regard en direction de l'horizon et souris à l'idée de faire tomber les idées reçues autour de ce personnage dans mon texte. Comment comprendre ce mouvement de retrait ? Pourquoi fuir pour mieux jouir ? Guidé par le souci d'écrire (il lui faudra huit tentatives avant d'obtenir la version finale du texte – huit ! allais-je connaître le même sort ?) et la quête d'une vérité non soluble dans le conformisme, Thoreau souhaite moins que tout s'ériger en guide à suivre.

Il partage avec Emerson la méfiance envers les livres qu'on lit comme des recettes (« le livre devient nocif et le guide se fait tyran », clame Emerson). D'où l'importance, comme pour son mentor, de quitter les murs de la bibliothèque et d'écrire à la première personne. Mais plus que d'un livre, ce dont il devient d'abord l'auteur, c'est de ses propres journées et de son existence quotidienne, qui s'imprime immédiatement et durablement sur son environnement : « C'est étonnant la facilité avec laquelle nous adoptons insensiblement une route et nous faisons à nous-mêmes un sentier battu. Je n'avais pas habité là une semaine, que mes pieds tracèrent un chemin de ma porte au bord de l'étang ; et quoique cinq ou six ans se soient écoulés depuis que je ne l'ai foulé, encore est-il fort distinct. »

Si près du Graal

À ma droite, la maison trônait en lieu et place des ruines de mes ancêtres. À mes pieds, la table en plastique blanc sur le point de fondre sous le soleil du mois d'août. Entre les deux, un sentier dégagé à la main entre les lilas, les ormes et les mûriers. Et moi, face à mon ordinateur pour mieux me rapprocher du monde, qui tentais désespérément de trouver les mots justes pour élucider une absence de mystère, m'accrochant aux textes de ceux qui déconseillent de s'accrocher aux textes, incapable de savoir où me mettre pour décrire l'impossibilité d'être bien *quelque part.*

Je repensais en rougissant au liquide sorti de mon corps. Vivre ailleurs n'y change rien : nous traînons nos rituels comme un boulet. Quelle différence entre les pas qui conduisent des toilettes au lavabo et ceux qui mènent de la cabane à l'étang – ou de la table à l'étendue d'herbe derrière le bosquet ?

L'intérêt de partir n'est pas dans la destination choisie, mais dans le fait que le départ implique toujours une suspension de nos habitudes – immédiatement remplacées par d'autres.

À la place de Thoreau, pensais-je, je me serais amusée quelques semaines, puis j'aurais voulu ne serait-ce qu'une journée sans avoir à pétrir mon propre pain ou pêcher dans le lac pour manger, j'aurais voulu déroger à la règle, me soustraire à l'ordre imposé par la nature pour me maintenir en vie, et j'aurais sans doute, tel Sylvain Tesson dans sa cabane dans la taïga ou Jim Harrison dans sa cabine au Michigan, bu d'énormes quantités d'alcool pour oublier que, où que je sois, aucun lieu ne m'affranchit des obligations du quotidien – parmi lesquelles je compte : se nourrir, boire, dormir, se réveiller, et ainsi de suite, ce que Thoreau nomme « les faits essentiels ».

Insupportables, la vie de famille, le quotidien et les tracas ordinaires ? Sans aucun doute. Mais je sais qu'ailleurs ce n'est pas mieux, et que si je *n'arrive pas* à vivre avec eux, il m'est *impossible* de vivre sans eux. Seule, je tourne en rond, je guette mon téléphone dans l'espoir qu'il se mette à sonner ; dès que la sonnerie retentit, je peste contre celui qui ose perturber ma solitude. Thoreau avait tout compris : le secret d'un exil réussi, c'est d'être seul, mais au milieu des autres.

Je regardai mon téléphone. Il était 11 h 57, l'heure de prendre part au déjeuner qui avait lieu tous les jours à 12 heures précises, l'heure d'arriver en cuisine pour mettre la table et proposer de l'aide. Le visage de ma grand-mère se contracta en une moue inhabituelle qu'elle semblait vouloir dissimuler en me tournant le dos et en se collant très près contre le four pour observer le plat en train de cuire : « Exceptionnellement, nous ne mangerons pas à midi préciiiiiiiiis », m'annonça-t-elle, en étirant la dernière syllabe de manière exagérée, se moquant à la fois de son désir de ponctualité et de son incapacité à l'avoir respecté aujourd'hui. Je la pris dans mes bras. Elle esquissa un mouvement de recul pour mieux me dévisager, avec tendresse et sévérité. « Et toi, Marcel Proust, tu crois que le couvert va se mettre tout seul ? »

Le Graal n'était peut-être pas si loin.

Baisser les armes

Je peux de moins en moins bouger. Petit à petit mon corps ralentit, mon souffle s'accélère, et je finis par échouer sur le lit en me demandant s'il ne faudrait pas acheter un pyjama supplémentaire pour les premiers jours à la maternité.

L'immobilité est contre nature. Je regarde les objets autour de moi. Les objets sont des compagnons fidèles qui ne demandent rien et ne se plaignent pas. Ils sont présents durablement et sans interruption ; ils s'abîment, s'usent et se cassent mais ne se transforment pas, et c'est pourquoi je finis toujours par m'en débarrasser. Je ne supporte pas leur permanence, ils font comme si chaque matin était un jour identique au précédent, comme si l'eau ne coulait pas sous les ponts et comme si, pour les plus vieux d'entre eux, j'étais la même qu'il y a vingt ans. Je ne dis pas que je souhaiterais vivre tous les jours dans l'univers des *Métamorphoses* d'Ovide mais tout de même, ne jamais changer, vivre comme un objet, comme si le simple fait d'« être » était déjà assez, ça ne devrait pas être permis. N'est-ce pas la différence entre ces deux verbes, *être* et *exister*? Exister, c'est ne pas se contenter d'*être*, et tenter d'en faire quelque chose… mais de quelle façon ? Et dans quel but ? Et comment être sûre que moi-même j'existe, surtout en ce moment où peu de choses me distinguent du lit où je m'enlise ?

Si mon corps ne pesait pas si lourd, je vivrais mal cette inertie, mais la masse est telle que je ne lutte pas et je me délasse avec volupté dans les bras de Morphée, ou de sa cousine la déesse de la rêverie à qui il faudrait trouver un nom (Onirie ?). Plus je m'approche du terme, moins je pense, et moins je bouge, plus je rêve, comme Oblomov qui lui aussi passe sa vie allongé mais pour d'autres raisons que les miennes.

D'abord, il est sur un divan, et non sur un lit. Celui qui reste au lit ne prétend pas vouloir aller ailleurs : il s'est réveillé, et il n'a pas bougé. Celui qui ne quitte pas son divan a déjà un pied dans la défaite : on devine les quelques pas qui l'ont conduit jusqu'au salon avant de s'affaisser sur les coussins. Peut-être voulait-il juste faire une pause, enfiler ses chaussons, et il ne s'est plus relevé. Choisir de s'échouer sur le divan, c'est un renoncement, d'abord libérateur et prometteur, comme on s'allonge pour la première fois en début de psychanalyse, on s'allonge pour ne plus subir, et on jubile de la liberté ainsi octroyée. Mais le renoncement d'Oblomov n'a aucun panache, c'est un doigt d'honneur qui n'a même plus la force de se hisser vers le ciel. Un renoncement qui s'assoupit devient un échec. Le divan alors n'est plus un choix, mais une ancre qui accélère la chute au fond de l'océan domestique.

Après ma tentative (avortée ?) de rédaction à l'écart de la maison familiale, je cherchai un moyen de me visser à mon ordinateur sans céder aux distractions : j'optai pour un isolement plus radical et moins caniculaire. Assise, je voulais sans cesse me lever, et quand je n'étais pas interrompue par les autres, c'était la soif, ou la faim, ou les fourmis dans les jambes qui me forçaient à quitter ma table de travail et contrariaient l'immersion totale.

Je choisis donc de rester allongée, et pour mettre toutes les chances de mon côté, je décidai de m'installer dans le lit de Proust (ou celui d'à côté), à Balbec, c'est-à-dire à Cabourg, et de n'en plus bouger. Depuis la fenêtre de ma chambre, la mer et le ciel formaient un mur quasi uniforme et j'avais passé trois jours à travailler, manger et dormir en position horizontale, ne me déplaçant que de quelques mètres pour aller prendre un bain et retrouver la même position. « A-t-on tous en nous quelque chose d'Oblomov ? » avais-je chantonné en hommage à Johnny en dégustant les madeleines que la directrice Mme Dupont (ou bien était-ce Mme Dupond ?) m'avait remises en mains propres à l'arrivée. Puis j'avais repris le fil de mon enquête en compagnie de mon jumeau dépressif.

Tout le malheur de l'homme…

Oblomov est le personnage de la littérature qui incarne le mieux la peine de vivre sous le fardeau de l'existence. Il représente ce que la Russie du XIXe siècle déteste : la lâcheté d'une génération qui préfère s'assoupir dans ses titres de noblesse et regarder son pays s'effondrer plutôt que de retrousser ses manches pour travailler.

Mais il est loin d'être l'icône des paresseux. L'Oblomov que j'ai appris à connaître est lucide, il *n'arrive pas* à vivre, et il le dit à son ami debout pour lequel j'ai beaucoup moins de tendresse. S'il renonce à se lever, ce n'est pas par paresse, mais par lucidité. Il en sait trop pour tenir debout. Il ploie, littéralement, sous l'enclume de l'absurde.

« Où est l'homme, dans toute cette agitation ? » répond-il à son ami Stolz qui lui enjoint de se lever et d'adopter le cours de la vie des gens ordinaires qui sortent, dînent, rient, travaillent. Cette agitation, c'est le divertissement pascalien, les stratagèmes mis en place pour ne pas regarder notre finitude en face.

Pascal écrit : « Tout le malheur de l'homme vient d'une seule chose, qui est de ne savoir pas demeurer en repos dans une chambre. » Peut-être le divertissement rend-il malheureux, mais Oblomov prouve que ne pas se divertir ne rend pas plus heureux quand aucun dieu ne nous vient en aide.

Une vie sans effort, voilà l'idéal d'Oblomov. Comme si, une fois le quotidien parfaitement ordonné et l'ordinaire entièrement délégué à d'autres personnes, une fois les tracas définitivement mis à l'écart, il lui restait à jouir du pur sentiment d'exister. Comme si sous les soucis domestiques se trouvait le bonheur, comme si l'existence bien ordonnée était en elle-même source de jouissance. « Il faut une rare vocation pour être un jouisseur », avait dit Camus... Si Oblomov détenait cette vocation, alors il aurait joui et, sur son divan, il se serait vraiment reposé au lieu de confondre, en un ultime acte de mauvaise foi, satisfaction et gavage, tranquillité et immobilité, paix et inertie, jusqu'à l'apoplexie.

« Tout le malheur de l'homme », pour Pascal, vient de l'ignorance dans laquelle il est de sa propre condition, et des stratégies de fuite qu'il met en place pour ne pas y penser. Pascal est le théoricien de la mauvaise foi qui nous fait comme une seconde peau. Ne pas voir (que nous allons mourir), (faire semblant de) ne pas savoir, faire *comme si.* Pascal ne condamne pas le divertissement en tant que tel, il précise que le divertissement, vers lequel nous sommes si prompts à nous tourner pour masquer notre finitude à coups d'activités extraordinaires, n'est pas une source de bonheur. Le divertissement nous aide à vivre en nous maintenant dans la mauvaise foi – je ne dis pas dans l'illusion car je pars du principe qu'au fond de nous, nous *savons*, tous, ce qu'il en est. Nous ne nous trompons pas, nous faisons *comme si*, ce qui est très différent. Comme si nous n'allions pas mourir. Comme s'il suffisait d'être seul dans une chambre pour vraiment se reposer. Comme si, en ce qui me concerne, le travail n'était pas une autre modalité du divertissement, comme si trouver la clé de l'ordinaire et les mots justes pour la nommer allait, enfin, m'apporter du repos.

La pochette-surprise

Les jambes contre le mur pour favoriser la circulation sanguine, les mains caressant mon ventre qui forme une sphère étonnamment parfaite, il me semble qu'avec un individu sous la poitrine, l'ère du « comme si » n'a plus lieu d'être. La grossesse interdit la mauvaise foi. Elle est la réalité qui devient elle-même divertissante, une pochette-surprise dans les tripes, quel besoin de croire en Dieu ? L'origine est à portée de main. Aurais-je écrit les mêmes lignes sur Oblomov si je devais les réécrire aujourd'hui ? Pascal aurait-il cru en Dieu avec un embryon dans le ventre ?

À Cabourg, comme plus tôt sous mon parasol, j'avais échoué à prendre le problème de face, à la première personne, j'avais, page après page, décrit Oblomov comme s'il s'agissait de quelqu'un de ma famille que le même constat de l'absurdité de la vie aurait projeté de l'autre côté de l'existence, comme si parler de lui allait me mettre sur la voie de ma propre voix.

«Je n'ai pas compris la vie», reconnaît-il, et, si j'aurais pu prononcer exactement les mêmes mots (surtout au moment où ma vie venait de se dédoubler dans mon ventre), je sais qu'il existe un moyen de tenir bon quand tout nous ramène au sol, le bruit des cuillers qui tintent contre le fond du bol, le ronronnement du tramway qui passe devant la fenêtre, les réponses prononcées sans qu'on y pense aux questions posées sans y penser, les milieux de matinée et les creux d'après-midi sans espoir d'interruption autre que la porte du frigo qui s'ouvre devant un estomac déjà plein, les orteils qui se crispent sous la table, la proposition d'une tasse-de-thé-sur-le-canapé-du-salon-dans-la-jolie-tasse-rouge-veux-tu-que-je-te-resserve?… ces faits, ces bruits et ces phrases anodines qui sont de petites bombes qui implosent en silence au milieu des organes, mais je sais que quelque chose me tient en éveil, une intranquillité tenace qui, avant que je ne sois enceinte, m'empêchait de m'asseoir sans bouger. Moi non plus je n'ai pas compris la vie, et je suis de moins en moins sûre qu'il y ait quelque chose à y *comprendre*, mais je préfère mille fois la compagnie d'Oblomov à celle des silhouettes qui croient bouger quand elles ne font que piétiner.

Trois fois rien

L'ordinaire étant devenu un sujet d'étude, ma vie se changea en terrain d'observation, et mes proches en cobayes. Les phrases que je recevais comme des attaques, les gestes qui me repoussaient, je notais tout, et j'essayais de comprendre. Tout devenait intéressant, l'événement et l'absence d'événement, l'imprévisibilité et la répétition, chaque chose était désormais affublée de l'étiquette « à noter » et je restais à mon bureau des journées entières, avec endurance et discipline, à retranscrire tout ce que la vie ordinaire m'apportait chaque jour sur un plateau. Le rêve de Flaubert avait été d'écrire un livre sur rien, « un livre qui n'aurait presque pas de sujet ou du moins où le sujet serait presque invisible, si cela se peut » ; le mien était d'écrire un livre sur ces « trois fois rien » qui me pesaient tant.

Mais si l'écriture me venait avec une étonnante facilité, l'« objet livre », lui, s'échappait un peu plus chaque jour. Mon texte ressemblait de moins en moins à un essai et de plus en plus à un récit. Je cherchais un début, un retournement et une fin, et je m'arrachais les cheveux. Comment décrire l'étirement monotone et répétitif sans plonger le lecteur dans l'ennui ? Devais-je prendre le risque de trahir « mon » sujet en créant du drame et des rebondissements ? Et pourquoi m'acharner à écrire ce qui m'obsédait quand la vie, au même moment, me semblait si douce ?

L'absinthe et le miel

La douceur de son corps ce matin-là à Nîmes. Le matin frais de juin qui pénètre par la fenêtre entrouverte, son torse soudain brûlant sous les draps, sa barbe au goût de sel, de tabac et de miel, et sa langue sur la mienne, le désir intact, étrangement déconnecté de nos séparations et de nos retrouvailles, ce n'est pas un désir de vieux couple, ni de jeunes mariés, mais un désir de nous, quels que soient la configuration, le nombre d'enfants et les paroles échangées. Nous glissons dans cette journée comme on s'enfonce dans un bain chaud. Dehors, le chat remue la queue sur la petite table, le clapotis régulier de l'eau du bassin donne le rythme, et le muret en pierre se réchauffe aux rayons du soleil déjà ardent. À l'ombre des larges feuilles (est-ce un bananier ?), quand le chat s'aventure doucement plus loin, je m'installe sur la petite table. Je voudrais décrire le bruit du pantalon qu'il enfile après la douche, le cliquetis de la ceinture encore ouverte et le frôlement de la toile du jean contre la peau de ses jambes, l'une, puis l'autre, mais je suis prise de panique à l'idée de perdre ce que je veux dire, de manquer l'intensité du moment en me raccrochant à une écriture blanche, fantasme de la précision absolue qui n'égalera jamais ce qui échappe au langage ; il me faut des paroles et des notes, de la musique et du rythme, il me faut des images et du son, de la couleur et un cadre, non, il me faut ce que j'ai sous les yeux à cet instant précis, mon remède contre l'ordinaire, la passion pleine, le miel de nos absinthes, et ça n'en finit pas, et c'est là, devant moi, l'empire des lumières pulvérisé par celui des sens, Magritte peut aller se rhabiller, moi je reste nue avec son torse, et la journée ne fait que commencer.

Reprise des hostilités

« On va voir Louis ? »

Retour de Fontainebleau. Journée dorée d'automne, l'odeur de résine sur la peau, les aiguilles de pin accrochées au pull, le bout des doigts abîmé par la grimpe, les joues roses et les yeux qui pétillent. On allume le moteur, on quitte la forêt, on tourne à gauche, puis à droite, dans les petites rues du village d'Arbonne.

Notre ami Louis habite dans le village, au croisement des routes qui conduisent l'une à Paris, l'autre à la forêt. Un jour, après une matinée d'escalade dans le domaine d'Isatis, au cœur de la forêt, nous nous sommes arrêtés boire une bière chez Louis. C'était le début du printemps, nous étions sans enfants et sans surcharge de travail, et en arrivant au croisement, plutôt que d'aller tout droit vers Paris, j'avais tourné à droite pour rejoindre la maison de Louis. Une phrase avait suffi. « On va voir Louis ? » et j'avais braqué le volant. Un accord parfait entre l'improvisation et le réel. Louis était chez lui, ravi de cette visite surprise, on avait passé un bon moment avec notre vieux pote et on avait même profité de la piscine avant de reprendre la route.

C'était il y a cinq ans. Depuis, chaque fois que nous arrivons à ce croisement, nous pensons à Louis, et chaque fois, depuis cinq ans, il répète la même phrase. « On va voir Louis ? » Il a raison de proposer, puisqu'une fois nous l'avons fait. Mais depuis, ça n'est jamais le bon moment. Trop de travail, trop d'enfants, trop d'obstacles à l'improvisation, trop de bonnes et de mauvaises raisons de ne pas s'arrêter. Ce jour-là, les bonnes raisons de ne pas s'arrêter sont largement supérieures aux mauvaises. Mais je sais, à mesure que la voiture approche du carrefour, qu'il va me proposer d'aller voir Louis, même s'il sait aussi bien que moi que ce n'est pas une bonne idée. Je m'approche de l'intersection, je ralentis pour céder le passage, tourne le regard vers la droite, et, au moment d'appuyer sur l'accélérateur, les mains sur le volant, en direction de Paris, il m'interpelle :

« On va voir Louis ? »

Je sais qu'il sait ce que je vais lui répondre. Mais il le dit quand même, comme si ces quelques mots, formulés, allaient transformer la réalité et faire que l'heure soit moins avancée, les bouchons moins nombreux, les enfants éveillés et Louis prévenu nous attendant sur le trottoir avec une bière fraîche dans chaque main pour nous accueillir.

Mon corps se fige. Mon visage se crispe. Mes mains s'agrippent au volant. Je prends une grande inspiration et réponds d'une voix calme :

« Tu veux qu'on y aille ? »

Il hésite une demi-seconde, puis :

« Non, il est trop tard, les petits sont endormis. Rentrons. »

À aucun moment il n'a vraiment espéré que je mette mon clignotant à droite et que je me gare devant la maison de Louis. Mais il a quand même prononcé la phrase. Il voyait bien que les paupières des enfants étaient closes, la nuit presque tombée et les voitures nombreuses, mais il a quand même dit : « On va voir Louis ? »

Le problème n'est pas le fait qu'il l'ait dit alors que c'était impossible. Le problème, c'est que je savais que cette phrase allait sortir de sa bouche. J'attendais, je redoutais ces mots comme j'aurais craint qu'une grue ne lâche son poids sur ma tête au moment de traverser un chantier. C'était si prévisible que ça en devenait nécessaire. Il n'a pas dit « C'est dommage, je serais bien allé voir Louis ! » ou « La prochaine fois, on s'organise pour partir plus tôt et passer voir Louis en rentrant ? ». Non. Cette phrase a été prononcée parce qu'il *fallait* la prononcer, parce que, quand on rentre de Fontainebleau et qu'on arrive à ce carrefour, se présente la possibilité d'aller voir Louis, et qu'il *faut* énoncer cette possibilité à voix haute, selon la loi impérieuse qui régit le quotidien depuis la nuit des temps, et qui prescrit d'insister sur l'inutile de manière répétitive.

Le fait que la phrase n'apporte aucune information, n'attende aucune réponse et n'exprime aucun affect est une raison suffisante de se taire. Mais non : la loi, c'est la loi, et quand on a une chose à dire qui exprime en elle-même sa propre inutilité, le règne du quotidien exige qu'on en fasse part immédiatement à la personne qui se trouve à nos côtés tous les matins et tous les soirs, de manière infaillible et systématique. Le conjoint est le réceptacle des pensées stériles et des phrases en l'air qui, parce qu'elles sont prononcées, se voient lestées du poids de l'intention et pèsent en retour sur le rythme déjà fragile d'une journée passée « ensemble ».

En famille, « on » règne : le langage ne vise pas à communiquer, mais à se rassurer. Peu importe ce qui est dit, l'essentiel, c'est de faire du bruit avec sa bouche pour rappeler qu'on existe et s'assurer du lien entre soi et les autres. À la rigueur, la phrase composée des quatre courts mots suivants : « Quelle heure est-il ? » pourrait avantageusement être remplacée par quatre sons de longueur similaire, le quatrième légèrement plus aigu que les précédents pour marquer l'interrogation, et la réponse – « Sept heures moins l'quart » – verrait elle aussi le jour sous forme de quatre sons de durée égale ponctués par une note cette fois plus grave que les autres pour signifier le caractère affirmatif de la phrase (et l'indifférence à l'heure qu'il est effectivement). Il fallait dire cette phrase parce qu'il savait que j'y pensais moi aussi, et voulant révéler notre complicité ou s'en assurer, il ignorait qu'il venait de me projeter quelques dizaines de mètres en dehors du véhicule, là où mes pensées se sont logées pour le reste du voyage.

« Ça ne peut pas continuer ainsi »…

On voudrait courir aussi vite que les secondes, on croit courir par goût de la vie, mais quand les secondes pèsent une tonne et qu'on voudrait s'arrêter de courir, on se rend compte que c'est impossible, on ne courait pas par envie mais par nécessité d'oublier. Impossible de s'arrêter car la seule interruption à notre disposition, c'est la mort, et on en a marre mais pas au point de vouloir mourir, alors comment faire ? Que faire de ces moments où tout pèse, où on s'enlise, où l'on voudrait passer directement à l'étape suivante ? Où est le bouton pause ? Vivre, c'est tout ou rien. Il n'y a pas d'entre-deux. Ce qui manque à l'existence, et qui faciliterait bon nombre de disputes conjugales, c'est la possibilité de se retirer momentanément du jeu pour s'accorder un peu de répit. Refermer le livre en cornant la page pour reprendre le fil de l'aventure au point où on l'avait laissée, une sieste et un café plus tard.

D'où le goût pour le drame, qui met en scène

l'élan irrépressible d'en finir, quand tout paraît insupportable, et qui ne signifie pas autre chose que l'expression de notre impuissance à faire face à ce qui s'oppose à nous. Combien de scènes de ménage se concluent par la menace d'une séparation immédiate, pourtant non souhaitée par les deux protagonistes ? Puisque nous ne pouvons pas nous mettre d'accord, qu'il m'est insupportable que tu puisses penser autre chose que moi, et que je sais que de toute façon tu ne changeras pas, séparons-nous. « Ça ne peut pas continuer ainsi », affirme Barthes dans l'un de ses *Fragments d'un discours amoureux*, reprenant les mots de Charlotte, l'amoureuse de Werther dans le roman de Goethe, qui décrit la tentative désespérée de l'être humain de mettre en scène sa propre fin qu'il croit souhaiter parce qu'il n'a pas d'autre option à sa disposition.

… *« Et pourtant, ça continue »*

« Ça ne peut pas continuer ainsi », donc. « Et pourtant, ça continue », répond Beckett. « Ça suit son cours. » Nos bras tendus en l'air n'y changeront rien, « ça continue », et jusqu'au bout.

Nous sommes écrasés par cette continuité, un rouleau-compresseur sur le torse, mais on fait comme si c'était normal, on se réveille tous les matins comme le personnage de Winnie dans *Oh les beaux jours* en feignant de ne pas remarquer qu'on est enseveli jusqu'à la taille, on regarde les objets qui nous entourent : une brosse à dents, un peigne, un rouge à lèvres, puis on oublie, comme Winnie, et le lendemain on les découvre à nouveau, comme Winnie, qui le lendemain est ensevelie jusqu'au cou, et elle reprend son inventaire, une brosse à dents, un peigne, un rouge à lèvres, elle s'accroche à ces objets comme au seul lien qui l'unit à l'existence, et elle fredonne, « heure exquise, qui nous grise, lentement… », elle n'est pas malheureuse, elle ne peut pas voir l'autre, le seul autre, Willie, car il est derrière la butte de sable où elle est ensevelie, mais elle lui parle, elle se remémore la vie d'avant, Oh, les beaux jours ! quand nous vivions, quand la vie ne se réduisait pas à ces objets du quotidien qui sont autant de reliquats du passé, et on ne sait pas si cette vie a vraiment existé, mais qu'importe, ça la fait vivre, comme Oblomov, c'est la vie d'avant qui fait tenir, le passé ou le mythe qu'on s'est fabriqué en fondant l'imagination dans la mémoire.

Winnie se réveille une nouvelle fois, ce sera la dernière. Puis la lumière s'éteint. Lui est ôtée la possibilité de se plaindre de la répétition, parce que sa mémoire est défaillante – et qu'elle oublie ce qu'elle est, c'est-à-dire ce qu'elle a fait, mais aussi parce que sa vie ne se répète pas, elle stagne « et pourtant, ça continue, quelque chose suit son cours », la maigre ligne de l'existence à laquelle tout se réduit et que la vie ordinaire tente de maîtriser.

Ordinare, souvenez-vous : mettre en ordre, ça consiste à installer une répétition, qu'on appelle le « quotidien », le « train-train », la routine qui se répète chaque jour et chaque nuit au point de nous convaincre que ce sont les choses elles-mêmes qui se répètent, que notre vie se répète comme les saisons, alors que contrairement au printemps qui revient chaque année nous n'avons droit qu'à une floraison et nous crevons chaque jour un peu plus mais c'est trop douloureux à accepter alors on fait comme si pour nous aussi les choses se répétaient, c'est plus facile. Et vous voudriez être tranquilles ?

La tranquillité n'est pas de ce monde

La vie ordinaire est une vie de faux-cul. On fait comme si c'était « déjà ça » de vivre « tranquillement ». Comme si on ne voulait pas d'aventure. Le secret du bonheur, ma bonne dame, c'est de savoir savourer les petites choses de la vie ! Rien ne vaut le rire des enfants ! Et la santé, surtout, c'est important la santé ! Vivons heureux, vivons planqués. La tête sous terre, les bras en croix. Regarder l'horloge qui nous renseigne sur l'arrivée de la tombe, et se la couler douce dans les plis du laisser-être.

Sauf que la plupart du temps, on n'y arrive pas. Mieux vaut se l'avouer : puisque l'existence humaine est à la fois provisoire *et* continue, puisque rien ne dure *mais* que le temps ne se retient pas, la tranquillité n'est pas de ce monde. Et c'est tant mieux. Que le dard de l'intranquillité vous pique encore et encore jusqu'à ce que vous sursautiez de votre tabouret en plastique et vous mettiez à… faire quoi au juste ? Posez-vous la question, au moins une fois, sans regarder l'heure, et demandez-vous si le nombre d'années parcourues, les épreuves et les angoisses endurées, si vous avez vécu tout ça pour vous réfugier dans la mauvaise foi de l'émerveillement ordinaire, pour vous laisser vivoter du matin au soir, sans envie, sans projet autre que de partager avec les autres les faits qui composent votre journée, sans jamais aller fouiller en dessous, remuer la vase qui encrasse vos désirs et vous fait croire qu'être quelqu'un c'est peser lourd, s'accrocher aux horaires comme si la vie en dépendait, compter le nombre d'heures jusqu'au prochain repas, comparer le prix des gels douche et découvrir, sur le groupe WhatsApp familial, que le muesli bio donne des gaz à votre cousine.

Nos journées ne peuvent pas se composer exclusivement du récit que l'on en fait aux autres. Sinon, autant les inventer et, au lieu d'être des routiniers de l'ordinaire, devenons écrivains.

L'attente est un délire

L'heure n'est pas encore arrivée, je suis là, et j'attends, encore. Je ne suis pas seule à attendre.

Dans mon cas, l'attente m'apaise car elle me donne un but. L'attente a ceci de bénéfique qu'elle mobilise entièrement le corps et l'esprit et confère une direction à l'existence quand celle-ci blesse par sa gratuité – ou son inutilité. Attendre, c'est déjà faire quelque chose en direction de celui qu'on attend, et dans mon cas, non seulement Godot existe, mais en plus il est dans mon ventre. Mais pour l'autre ? Celui ou celle qui attend le ventre vide ?

En 1948, alors qu'il est marié et père de famille, Albert Camus décide de donner une chance à son amour clandestin pour la comédienne Maria Casarès rencontrée quatre ans plus tôt. Souvent séparés, ils s'écrivent, beaucoup, passionnément, jusqu'à la mort accidentelle du philosophe en

1960. Le 1er janvier 1949, Maria Casarès, qui ne jure que par l'indépendance, l'amour fou et la solitude, lui écrit: «Je me suis surprise à désirer avoir un enfant de toi et à te souhaiter près de moi pendant l'accouchement.»

Albert Camus ne commente pas directement cet aveu, mais un an plus tard, depuis Cabris, près de Grasse où il séjourne avec son épouse Francine pour tenter de soigner sa tuberculose, il écrit: «Je suis vaseux depuis deux jours. Maux de tête, vagues nausées, j'ai l'impression d'être enceinte. J'ai même perdu mon teint reposé. Mais je suppose que ça va passer. Il est vrai que cette attente, c'est si bête à dire, est si anxieuse qu'elle finit par me fatiguer même physiquement. Je m'épuise à t'imaginer et à vivre à l'avance notre réunion. Je me conduis pourtant sagement: emploi du temps bien réglé, travail régulier (ce qui ne veut pas forcément dire fécond. Il y a des bons et des mauvais jours, voilà tout), soins attentifs. Mais la privation de bonheur me fait parfois l'effet d'une sous-alimentation, d'une asphyxie aussi. Tout mon espoir, tout mon courage viennent finalement de ce que j'attends une réunion totale, l'amour, l'émotion, la jouissance, la liberté absolue entre nous, des corps et de l'âme, la transparence et le naturel. Et je ne l'attends pas comme une utopie. Je l'attends parce que j'en suis sûr. Et ce n'est pas si loin, non, ce n'est pas si loin.»

Les symptômes qu'il décrit sont ceux d'une femme en début de grossesse: maux de tête, nausées, soins attentifs, et le magnifique «j'ai même perdu mon teint reposé».

Aucune métaphore dans ce lexique: le philosophe ressent physiquement ce qu'il décrit, comme si ce n'étaient pas les hormones mais le phénomène même de l'attente qui provoquait ces dérèglements physiologiques. L'attente d'une «réunion totale» dont la certitude n'enlève rien au délire où elle plonge celui qui attend.

«L'être que j'attends n'est pas réel», écrit Barthes, à qui, dans son paragraphe sur l'attente de l'amant, la comparaison maternelle s'impose aussi naturellement: «Tel le sein de la mère pour le nourrisson, je le crée et je le recrée sans cesse à partir de ma capacité d'aimer, à partir du besoin que j'ai de lui: l'autre vient là où je l'attends, là où je l'ai déjà créé. Et s'il ne vient pas, je l'hallucine: l'attente est un délire.»

Le délire est à son comble quand l'attente est celle d'un amant qui n'a pas été rencontré ou d'un enfant désiré qui n'est pas encore conçu. Tout est encore possible, et c'est le drame pour celui qui attend: le possible implique la possibilité de l'impossibilité, et s'il n'arrivait jamais? Le délire fait décrocher du réel et plonger dans l'angoisse (comprise comme la peur de ce qui n'est pas réel ou qui n'a pas d'objet). La nature de l'attente d'un enfant *in utero* peut faire délirer, mais elle ne rend pas fou car le terme est indubitable. Tel Camus qui se languit de retrouver le corps de sa maîtresse et qui ne doute pas un instant de ces retrouvailles, la grossesse épuise mais fournit la seule chose qui permette de se reposer vraiment : la certitude de la rencontre. L'attente, pour une fois, n'est pas vaine.

Mais pour celui (ou celle) qui ne porte pas l'enfant, il y a de quoi devenir fou. Ils attendent de tout leur cœur déjà aimant (« Suis-je amoureux ? Oui, puisque j'attends », écrit Barthes) et pourtant, ils ne peuvent pas *en être*, et le rôle de témoin ou d'assistant qu'ils peuvent choisir d'endosser est loin d'être suffisant pour compenser une frustration légitime. Cette situation a aussi son avantage : l'absence d'hormones et de ventre proéminent facilite la fuite ou le déni quand l'attente est trop angoissante, alors que la femme enceinte, même quand l'attente provoque des égarements, est contrainte à la lenteur et à l'immobilité. C'est notre enfant, nous l'avons désiré et fait ensemble, mais il est impossible qu'il vive les choses de la même façon. Je me dis avec la plus grande naïveté du monde qu'il n'est pas normal qu'il en soit ainsi. Je ne comprends pas pourquoi je peux couver cet enfant et lui pas. J'ai l'impression de le priver d'un privilège. Je ne peux pas dire : « Mets-toi à ma place ! » Et pourtant je ne cesse de le faire.

Des ambivalences du délire

Il semblerait aller de soi que, le jour où la belle-mère se découvre enceinte et s'apprête à devenir mère à son tour (devient elle « laide-mère » ? ou « moche-mère » ?), l'événement soit accueilli comme la suite logique des choses. Quoi de plus naturel qu'après avoir donné le bain à des enfants qui n'étaient pas les siens, les avoir nourris et avoir fait leurs devoirs pendant des années, elle sollicite l'homme à son tour pour activer une procréation dans laquelle, cette fois-ci, elle tiendrait le premier rôle ? Puisqu'elle endosse déjà les contraintes liées à la maternité sans jamais avoir été fécondée, pourquoi ne pas continuer à interpréter la même partition en apportant à la tribu une bouche en plus ?

Mais non. Il ne voit pas les choses ainsi. Pour lui, les enfants s'accumulent, il a une calculatrice en main et l'arrivée d'un nouveau-né supplémentaire ne signifie pas autre chose que l'imminence apocalyptique d'un déménagement et l'accroissement d'une inquiétude financière. Ce ne sera pas un enfant qu'il désire avec la personne qu'il aime, ce sera : le numéro quatre. Or quatre, c'est trop. « C'est trop *tôt* », précise-t-il, en tournant la tête vers le petit corps qui ne sortait pas du mien et qui était en train d'apprendre à marcher pendant que ses grands frères exprimaient leurs encouragements en s'étranglant à Mortal Kombat. « On en fait douze encore, si tu veux, mais pas maintenant. Je viens tout juste d'accoucher ! » J'aurais moi aussi voulu attendre un peu, mais l'utérus a ses raisons que la raison ignore, et l'impatience des ovaires mêlée aux joies des retrouvailles avait transformé le voyage de noces en nidification.

L'annonce de la grossesse pourtant désirée provoque chez lui un phénomène de régression instantanée. Il crie au scandale, invoque la confiance qu'il avait si difficilement accordée à la belle-mère pour que la tragédie ne se reproduise pas avec elle, et oublie que pour faire un enfant, il faut être deux, et que l'autre, c'était lui. Je lui remets en mémoire nos corps brûlants à Nîmes, ou bien était-ce en Corse ? Dans tous les cas, il n'est pas prêt, moi non plus d'ailleurs, mais je suis déjà embarquée, et je sais que d'ici quelques semaines, la traversée se fera ensemble. Mais l'heure est à la catastrophe. Il a des scrupules à le dire ainsi, sa colère (sa peur) s'exprimera donc par une multitude de faits et gestes inconsciemment – mais ostensiblement – dirigés à mon encontre. Il ne cesse de me proposer des activités dont il sait pertinemment qu'elles deviennent interdites pour la femme qui se découvre enceinte.

« Amour, et si on se saoulait au bourgogne ce soir ? »

« Tu veux tirer sur le pétard ? »

« Mon petit cœur, et si on faisait l'ascension du mont Blanc pour les vacances de Noël ? »

Ses sourires sont systématiquement marqués d'une moue triste et d'un regard vague, pour mieux signifier le nuage lourd qui pèse dans son cœur. Aucune légèreté n'est possible. Le mot « échographie » ne peut être prononcé sans susciter un blêmissement immédiat. Les bras restent mous pendant les étreintes tendres. Les yeux seront fuyants, mais perspicaces : « Tu as pris du ventre, non ? »

Et dans les moments de grande détresse, il peut même aller jusqu'à raconter, à table, devant les trois enfants déjà nés, l'histoire de cet homme qui avait enfermé son bébé dans le lave-linge et qui, sous les yeux de sa femme, l'avait mis en marche. Et le bébé ? demanderont, terrifiés, les enfants. « Eh bien, il est mort ! » lance-t-il, le ton triomphant. Seuls ses yeux un peu gênés traduisent la présence d'un reste de conscience quand il observe la belle-mère qui le fusille du regard, puis secoue la tête, l'air désolé. Et d'ajouter : « Mais c'est parce qu'il ne voulait pas de cet enfant, et que la femme l'avait gardé contre son gré. » Comme le bon sens n'a pas encore tout à fait déserté, il se rend rapidement compte de sa bourde et se lève, contrit, pour aller remplir la carafe d'eau. En revenant, il ne s'excuse pas mais, devant les visages hagards des quatre personnes, il s'interroge, en regardant la belle-mère : « Mais pourquoi je raconte ça, moi ? »

C'est la première fois que je sens une différence insurmontable entre lui et moi. Cet enfant, nous l'avons fait ensemble, mais il sera dans *mon* ventre. C'est donc ça, la différence entre l'homme et la femme ? Et de fait, l'expérience que je suis en train de faire semble fournir aux yeux des autres une ultime vérification : je ne suis pas seulement enceinte, je deviens, pour eux, et avant tout, une femme, et c'est la première fois que mon genre me précède. Comme s'il fallait être enceinte pour atteindre au statut officiel de femme, et comme si ce statut avait son importance.

Bien loin d'éveiller en moi une nouvelle féminité, la grossesse me repose de moi. Je ne suis plus seulement moi, je suis « enceinte ». Si l'étiquette me convient, c'est parce qu'elle désigne une transformation exceptionnelle et incontestable. Rien de ce qui m'arrive n'est surnaturel, mais on s'adresse à moi comme si j'étais la représentante d'un autre monde. Mon corps devient le lieu d'une métamorphose fascinante sans intervention divine ni pouvoir magique, et si je me sens bien dans cette mutation, c'est que je n'ai jamais conçu le rapport à l'existence autrement que comme un devenir constant. Être enceinte familiarise avec l'idée même de changement, jour après jour, de manière officielle et non pathologique, et je ne vois aucune raison à ce que cette évolution de chaque seconde ne soit admise (ou assumée) par chacun de nous, y compris par ceux dont le ventre se bombe sans qu'aucun être n'y loge et qui se retrouvent autour d'un jeu de société le dimanche matin. Que restera-t-il de tout ça quand mon ventre retrouvera sa forme initiale ?

Le ventre de la baleine

On ne fait pas un enfant comme on écrit un livre. Quand le premier signe la fin définitive de la solitude, pour le meilleur et pour le pire, le second exige un isolement radical et inconditionnel, que la grossesse et la maternité rendent provisoirement impossible.

Je ne pense pas pareil depuis qu'il est là, en moi, je suis sur écoute, je crains que tout ce que je pense ne soit reçu par lui sous forme d'affect positif ou négatif. Ma vie intérieure abrite un autre que moi, et qui n'est pas la petite voix intransigeante qui m'engueule quand j'accomplis un acte coupable. Un inconnu silencieux qui m'impose déjà son rythme. À l'inverse, le livre en cours est un recours rassurant, je sais que, quoi qu'il arrive, événement traumatique ou journée insignifiante (les deux ayant leurs inconvénients), je pourrai toujours *en faire quelque chose.*

Mais dans les deux cas, de moi va sortir quelque chose qui n'est pas moi. Je ne pourrai plus disparaître complètement. Même si je mourais demain, j'aurais été. Plus besoin de vérification constante de ma propre existence, moi qui me demande si les gens que j'entends discuter dans la rue à travers la fenêtre sont bien réels, et qui me cogne chaque fois que je me relève ou que j'entre dans une pièce, comme si le choc (et parfois, la douleur) était le chemin le plus direct vers le réel. D'ailleurs, enceinte, je ne me cogne plus.

Emerson, Thoreau et Cavell m'accompagnaient depuis plusieurs années. J'avais signé puis rompu un contrat avec une maison d'édition, faute de trouver à mon texte une forme satisfaisante. Mon obstination à saisir ce que je ne parvenais pas à nommer ne faiblissait pas, et puisque je refusais de devoir choisir entre l'écriture et la vie, j'appris à écrire partout, sur la table de la cuisine, au milieu des enfants, dans le métro. J'en arrivais à la conclusion que l'ordinaire représente ce que la philosophie conjure et conchie, ce qui la menace dans son élaboration (qu'est-ce que la vie quotidienne, sinon la succession des contraintes qui empêchent le travail de l'esprit) et met en danger son contenu (à quoi bon faire de la philosophie si c'est pour décrire des banalités ?).

Pratique-t-on la philosophie par rejet de la platitude ? par goût pour la marginalité ? Peut-être. Et si, tout simplement, l'ordinaire n'était pas l'affaire de la philosophie ? Y a-t-il une ligne claire qui sépare d'un côté la vie ordinaire, de l'autre la pensée ? C'est ce que l'histoire de la philosophie rédigée par des hommes sans charge mentale pouvait laisser croire. « De quoi pouvons-nous vraiment connaître le sens ? » se demandait Emerson. Sa réponse sonnait comme une prière : « La viande qui rôtit dans l'âtre, le lait qui chauffe dans la casserole, la chanson que l'on fredonne dans la rue… »

J'étais revenue au point de départ, deux cents pages, un remariage et trois beaux-enfants plus tard.

Autour de moi, la maison ressemblait à l'intérieur d'une baleine qui aurait ingurgité une bibliothèque. Montaigne, Nietzsche et plus récemment Clément Rosset étaient venus s'ajouter sur les piles de livres qui s'accumulaient sur mon bureau, autour de ma lampe de chevet, sur la table du salon, jusque dans la chambre des enfants (en version originale mais illustrée). Je vivais au milieu des livres, mais je lisais très peu, toujours les mêmes, et jamais en entier, je continuais à ouvrir *Le Gai Savoir* au hasard et à le refermer aussitôt, certaine que l'aphorisme que je venais de lire allait m'accompagner au cours des prochaines semaines. Je découvris *Le Réel et son double* et le *Traité de l'idiotie*, et je trouvai que Rosset, comme Nietzsche, avait raison sur tout. On avait donc le *droit* de faire ça en philosophie ? De parler de son voisin de palier et d'ivrognerie ? De parodier le morceau de cire de Descartes avec un morceau de camembert ?

Emerson s'était assis aux pieds du familier ; Rosset, lui, empoignait le réel par le col et ne le lâchait pas. « Plus le sentiment du réel est intense, plus il est indescriptible et obscur. » Ses livres ne parlent que de ça, de cet échec à nommer ce qui est là mais que nous ne voulons pas voir et des doubles (des images de fiction jusqu'aux Dupondt, les faux jumeaux de Hergé) que nous produisons pour mieux l'éviter. En ce sens, expliquait-il, l'ivrogne qui voit double est plus sage que le sobre qui tient bien droit mais ne cesse de regarder ailleurs.

La fin de la saison 4 de « Mad Men » me revint en mémoire, lorsque Don et Betty, ensemble depuis la première saison, se séparent pour de bon, et que, en un ultime plan, la caméra s'attarde de manière exagérément longue sur la bouteille de whisky qui trône au milieu de la table de la cuisine. Sur l'écran, il me semblait que la bouteille avait essayé de me dire quelque chose. Elle était là, presque vivante, transperçant l'écart de la fiction et de la télévision pour venir susurrer à mon oreille quelque chose que je ne pouvais pas entendre.

Dans le placard à gauche du frigo, derrière le lait en poudre de mon nouveau beau-fils et les Petits écoliers au chocolat au lait des plus grands (malgré mes invitations répétées, je n'avais pas réussi à les convertir au chocolat noir, ni aux Dinosaurus), je mis la main sur une bouteille identique. L'ivresse serait-elle le secret de la lucidité ? Fallait-il voir double pour mieux voir ? Tous les verres étaient au lave-vaisselle, j'envisageai un instant de me servir un verre dans le biberon fraîchement nettoyé, avant de porter le goulot directement à mes lèvres.

L'alcool me brûla le fond de la gorge, puis son parfum malté au goût de fleurs remonta doucement vers l'arrière de mon palais. Les lèvres en feu, le livre de Rosset dans une main, la bouteille dans l'autre, je repris ma lecture. « Il a déjà tout dit », soupirai-je en remarquant que dans chaque phrase qui contenait le mot « réel », je pouvais indifféremment lui substituer celui d'« ordinaire ». « Plus le sentiment de *l'ordinaire* est intense, plus il est indescriptible et obscur »… « Les messages en provenance de *l'ordinaire* sont donc toujours finalement indifférents parce que d'une même teneur, monotone et insignifiante »… ça fonctionnait !

Page après page, le *Traité de l'idiotie* énonçait les formules que j'avais cherché à écrire depuis si longtemps. Plus je lisais, plus je buvais, plus je fulminais. Tout ça pour ça ? Le whisky intensifia mon désespoir. À quoi bon m'acharner à décrire quelque chose qui avait déjà été dit ? J'étais devenue le consul titubant de Malcolm Lowry, qui cherche son chemin au-dessous du volcan et ne fait que rejouer ce qu'il sait déjà. « Quant au réel, insistait Rosset, s'il insiste et tient absolument à être perçu, il pourra toujours aller se faire voir *ailleurs.* » « Et l'ordinaire avec », grommelai-je, en finissant la bouteille.

Rocomorphisme

Le lendemain matin était un jour de grand départ, c'étaient les vacances scolaires et nous avions prévu, comme chaque année, d'aller passer une semaine en famille en Corse du Sud. J'accueillis avec soulagement l'obligation de quitter le ventre de la baleine et de lever enfin les yeux.

Je passai la journée à cuver mon livre et mon alcool au bord de la mer puis décidai, en fin de journée, de passer le relais au corps et de profiter de la possibilité que la plage me donnait de courir *droit devant* (au lieu de tourner en rond au jardin du Luxembourg). Je longeais la côte à grandes foulées, les pieds dans le sable, depuis plus d'une demi-heure, quand surgirent face à moi d'immenses rochers couleur safran entassés les uns sur les autres. À leurs pieds, la mer se fracassait contre leurs parois en un bruit assourdissant. Leurs formes sculptées par le vent étaient ahurissantes, tantôt monstres de pierre, tantôt boules lisses à la courbe parfaite. Je retournai à la maison en sprintant et revins, à bout de souffle, les chaussons d'escalade que je n'oublie jamais d'emporter avec moi dans les mains et le sac de magnésie autour de la taille, sous un soleil déclinant qui faisait virer la teinte des rochers au rouge vif.

J'observai ces masses minérales qui me faisaient de l'œil. Elles me présentaient leur dos, lisse ou accidenté, comme un chat se roule à terre pour demander des caresses.

Une traversée ocre et violette d'une vingtaine de mètres coupait la plage en deux, longue et dentelée, une crête de stégosaure aux pointes saillantes ; mes doigts s'approchèrent des recoins infinis de la pierre scarifiée, boursouflures éraflures strates couches, c'était un festin de pierre. Il me fallut plusieurs coups d'œil pour en faire le tour, chaque détail était un monde en soi accolé aux autres. De loin, la forme paraissait harmonieuse, les pointes étaient toutes orientées dans le même sens mais de près, rien n'était cohérent, pas un centimètre qui ressemblât au centimètre d'à côté.

Plus loin, un énorme menhir de près de trois mètres de haut scindé à l'horizontale, imposant et doux, avec deux trous qui lui donnaient un regard humain. Je pensai à mon père. À ses côtés, une succession de rochers identiques mais plus petits, comme autant d'enfants amassés contre son flanc. Juste en face de moi, un peu plus loin dans l'eau, se trouvait un rocher tout en longueur en forme de labrador. Une ligne de couleur plus foncée le traversait de gauche à droite, une cicatrice qui me rappelait celle qui dessine un trait net juste au-dessus de mon sein gauche. Par la blessure, je m'identifiai au rocher. Je n'en faisais pas un homme, je me faisais rocher. J'envie une existence rocailleuse et minérale. Le rocomorphisme, ça existe ?

« Voilà exactement ce que je cherche, murmurai-je en auscultant le rocher que je m'apprêtais à escalader. Je voudrais me sentir au monde comme ma main sur ce rocher, avec l'assurance d'un contact ferme et la solidité d'un ancrage en granit. » Je levai les yeux et essayai de repérer une voie à suivre pour atteindre le sommet. « Je voudrais la simplicité immédiate du toucher et du roc en guise de sol. » Mes doigts détectaient les creux, les protubérances, la moindre aspérité sur laquelle je pouvais prendre appui. « Je voudrais un point de départ, pour tenir en équilibre. » En posant mon pied gauche sur une prise légèrement surélevée, la main droite contre la paroi, je trouvai l'impulsion suffisante pour lancer mon bras gauche un peu plus haut et fixer deux phalanges sur une légère saillie de la roche.

L'ascension commence. L'extrémité de mon chausson droit prend appui sur une petite pointe, le bout de mes doigts s'accroche à un minuscule creux au-dessus de ma tête et la force de ma jambe me hisse jusqu'à la prise suivante. La paroi est rugueuse, de gros grains irréguliers qui déchirent la peau si le mouvement est trop brusque. Je vérifie qu'en gainant mon corps au maximum, je peux tenir grâce à mes pieds et à ma main droite, et je plonge ma main gauche dans le petit sac accroché à ma taille pour l'enduire de magnésie. La poudre blanche, en supprimant la moiteur, permet une adhésion plus forte de l'épiderme à la roche. Les vagues se déchaînent à mes pieds, le goût iodé sur mes lèvres se mélange à celui du whisky de la veille et le vent achève de dissiper toute forme de rumination.

Je sais que si mes pensées s'échappent et me regardent en train de tenir par la seule force de mon index et de mon majeur à plusieurs mètres du sol, c'est la chute. J'épouse au plus près la forme et la texture de la paroi. Un angle d'un demi-centimètre suffit pour prendre appui du bout du pied et me propulser vers la prochaine prise. Au milieu du bloc, je tâtonne, je cherche comment me soutenir, une main après l'autre, un pied après l'autre, je teste la stabilité de telle position, de telle autre, puis je lance ma main à l'aveugle, la courbe de la paroi m'empêche de voir à quoi m'accrocher, mes doigts sentent une petite cavité au rebord de laquelle ils s'agrippent de justesse, les phalanges bien calées me permettent de rapprocher le pied de mon torse, à la recherche d'une nouvelle prise qui me permettra, une fois le corps de nouveau déployé, de toucher le sommet. Les mains à plat, il me faut toute la force de mes bras pour hisser mon corps et m'élever sur le rocher, y poser mes pieds en entier, enfin, le cœur battant, le souffle libéré. En haut, le vent est plus fort. Le corps-à-corps s'achève. Dans la lumière chaude de fin de journée, le soleil, la mer et les rochers ne font qu'un, un monde qui n'a pas besoin de moi et que j'aime plus que tout.

Avant de partir, je touchai une dernière fois le bloc de granit, m'imaginant que les cavaliers entretiennent avec leur cheval le même rapport que j'ai avec les rochers. Ma paume exerça une pression ferme et puissante, comme une franche poignée de main. J'étais apaisée. Je savais que ce rocher me survivrait et j'y trouvais une source de réconfort, comme s'il était nécessaire au bon fonctionnement du monde. Le minéral, c'est ce qui, sur terre, m'exclut tout à fait, et ce que j'envie le plus. La nuit tombée, je rentrai doucement en marchant, et j'imaginai combien Sisyphe devait être heureux.

Le surgissement du monstrueux

La nausée de la femme enceinte ne fait pas voir double. Mais l'acidité qu'elle installe au fond de la gorge rappelle, dans les rares moments d'amnésie, qu'un intrus s'est logé là où il y avait pourtant peu de place. Entre deux trompes, la vessie et le rectum séjourne un être supplémentaire qui, à l'aide d'un cordon bleuâtre, se nourrit de ce qu'elle mange et passe en quelques mois de la taille d'une fourmi à celle d'une pastèque. Tantôt, c'est l'amour fou qui commence déjà ; d'autres fois, c'est la saga *Alien* qui prépare un nouvel opus.

Quelle différence entre l'embryon et le parasite qui squatte les corps et prolifère aux dépens des autres espèces ? Je revois la reine mère et ses quatre tentacules qui enfante des œufs par dizaines grâce à un ombilic gigantesque, et je me demande si, à peine sorti de mon ventre, le fœtus m'attrapera le visage à l'aide de ses huit pattes et m'injectera un nouvel embryon dans le corps qui, quelques semaines plus tard, jaillira en m'explosant le thorax. La possibilité que je porte en moi est aussi celle du monstrueux, alors la nausée se transforme en angoisse, et c'est l'univers entier qui devient anxiogène.

Je connaissais le malaise produit par la présence trop intense de l'existence qui s'empare de moi dans les moments ordinaires, je découvre l'inquiétude qui résulte de la certitude qu'il y a quelque chose de *plus*, un surplus d'existence qui n'est pas un double, ni l'effet de l'ivresse, mais le basculement du rien vers le quelque chose et du néant vers la vie. Paradoxalement, cette inquiétude me calme : à la différence de l'intranquillité, qui est sans raison, l'inquiétude a un objet que je peux nommer. Je suis inquiète pour quelqu'un, quand je suis intranquille *tout court*, sans raison. Désormais, donc, je serai inquiète, ça me reposera de l'intranquillité.

Des coquillettes au beurre

C'est en cela que le monde de la femme enceinte ne peut pas être identique à celui de Roquentin, le narrateur de *La Nausée*, que le réel indispose physiquement.

Bien après Emerson et Cavell, la lecture du roman de Sartre m'avait aidée à formuler le type de trouble que les moments ordinaires faisaient jaillir de manière spectaculaire. Roquentin regarde une banquette et il lui semble voir un cadavre, sa propre main semble se détacher de son corps et une simple racine de marronnier devient pour lui l'occasion de comprendre ce que signifie vraiment « exister ».

Prendre les choses à la racine, c'est reconnaître que les choses sont telles qu'elles apparaissent, *et c'est tout*, l'existence ne contient ni mystère ni transcendance, ce que nous voyons n'est pas l'apparence qui cache une essence secrète, c'est tout ce qu'il y a à voir, le monsieur qui fait la queue au supermarché, la bordure du trottoir, les feuilles qui tombent ou qui poussent, l'œil de verre de mon grand-père, il n'y a rien derrière, et ailleurs c'est pareil, comment ne pas être malade devant cette gratuité totale de l'existence ? Sans moi, le monde ne tournerait pas moins rond, j'existe sans raison, j'existe, tout simplement, et si je n'en fais rien, c'est-à-dire si je ne crée pas à partir de ma propre vie, si je n'en fais pas le récit, ma mort sera la dissolution certaine et immédiate de ce que j'ai été dans ce qui n'est plus, et il n'y aura aucune différence entre ma vie et cette racine de marronnier. À moi aussi, ça me donne envie de vomir.

Quelle différence avec la nausée que je ressens quand mon bébé pousse un peu trop sur mon estomac ? La seconde est soluble dans un plat de coquillettes au beurre ; la première me colle à la peau et n'est vivable que si je parviens à trouver les mots. Ces « masses monstrueuses et molles, en désordre – nues, d'une effrayante et obscène nudité » que Roquentin observe en lieu et place des bancs publics et de la racine de marronnier, c'étaient les limaces qui me terrorisaient quand, petite, mes parents m'emmenaient me promener en forêt, c'étaient les pieds froids qui me frôlaient sous la table pendant les repas de famille, auxquels je ne pouvais pardonner non pas d'être glacés, mais d'être, tout simplement, et ce faisant, de me rappeler que l'existence se ramenait *aussi* à *ça*, à une limace, un pied froid qui fait effraction dans mon univers, le réel qui dégouline pour mieux me rappeler avec insolence son insignifiance même ; c'était « la pâte même des choses » que le narrateur saisit pour la première fois face à cette racine de marronnier, « cette racine était pétrie dans l'existence », je voyais tellement ce que ça voulait dire, être pétri dans l'existence, Winnie, Oblomov, la vieille dame à sa fenêtre, la répugnance du visqueux (être en contact avec la viscosité, écrit Sartre dans *L'Être et le Néant*, c'est prendre le risque d'être bu par les choses « comme l'encre dans un buvard »), c'est mon mode d'être au monde. Quand Camus jouit, Sartre vomit, et je porte les deux en moi.

Un monde nouveau ?

Mais quelque chose a changé. Je n'appartiens plus à ce monde-là. Je ne peux plus dire que tout est là, devant mes yeux, puisque l'événement à venir n'est précisément pas encore au monde. Je n'aurais jamais pensé être en mesure de prononcer cette phrase un jour en état de grande sobriété, mais le réel n'est tout simplement plus le *même.* Je me distingue de Roquentin car l'existence n'est plus seulement cette pâte molle que j'observe mais aussi ce fœtus vivant qui cogne en moi. C'est la même réalité qui produit à la fois les moments qui s'étirent sur-le-coussin-de-Mamie-qui-veut-une-boisson-chaude ? et le passage microscopique et spectaculaire du « presque rien » au « déjà quelqu'un ». C'est le même monde qui abrite l'éternel retour du printemps et l'apparition soudaine d'une altérité radicale dans un utérus. Il y a plus à l'existence que ce que mes sens me transmettent et ce « plus » n'est pas un ailleurs ni un au-delà, mais un être en chair et en os en train de se repaître paisiblement à l'intérieur de mon ventre. Une immanence redoublée.

Qu'est-ce qui a changé ? La réalité est devenue cachottière, elle présente l'existence nouvelle sous forme de secret. Un embryon, c'est une anti-racine de marronnier, on ne le voit jamais, ou alors de manière floue, en noir et blanc, sur l'écran de l'échographie tous les trois mois, et dans ce jeu de cache-cache l'insoutenable facticité de l'existence n'a plus sa place. Je suis sur le point d'enfanter un autre que moi, la nausée touche à sa fin, et c'est le monde entier qui s'apprête à chavirer.

Sur le point de basculer

J'avais accumulé des centaines de pages de texte. J'écrivais tout le temps mais je produisais peu, l'inspiration venait sous forme de fragments que je couchais d'un seul jet sur le papier et dont la relecture me rebutait. Certains paragraphes me semblaient avoir saisi au plus près ce que je cherchais à nommer, mais je savais bien que je ne faisais que tourner autour du pot. Ça n'était pas encore ça, ça n'était toujours pas ça, les feuilles s'accumulaient et la vie continuait, les mois passaient et les enfants grandissaient, le cancrelat se faisait plus rare et la passion résistait, je me demandais comment faire pour que notre fièvre ne devienne jamais prévisible, que notre amour reste l'antidote sacré, ne pas le laisser s'enliser et devenir le pantin de mes jours et l'automate de mes nuits. Comment ne pas céder à la mécanique et transformer la répétition en création ?

Ce sont des mots. Comment dire ce que je voudrais dire sans avoir l'impression de l'avoir déjà dit ou de ne pas l'avoir dit *exactement*, d'autant que ce que je voudrais dire me paraît si évident et si simple, mais le simple, c'est le plus compliqué, le simple, c'est ce qui file entre les doigts balourds du langage ; « en ce point est quelque chose de simple, d'infiniment simple, de si extraordinairement simple que le philosophe n'a jamais réussi à le dire », écrit Bergson avant d'ajouter : « et c'est pourquoi il a parlé toute sa vie », passer sa vie à écrire qu'on n'arrive pas à écrire ? Passer sa vie à bâtir des argumentations savantes dans l'espoir d'approcher au plus près ce dont les théories que nous construisons nous éloignent ?

Le « réel », le « simple », l'« absurde », la « nausée », chaque philosophe ayant son cheval de bataille, j'avais baptisé le mien « ordinaire » et il continuait à n'être pas un concept, ni une intuition mais une sorte d'expérience muette qui lacérait mon endurance et dont je ne parvenais à tirer aucun enseignement. Au fond, me disais-je, en relisant un à un les paragraphes rédigés au cours des semaines précédentes, je n'ai rien écrit qui vaille une heure de peine. J'étais devenue le Frédéric Moreau de l'écriture, l'antihéros velléitaire de *L'Éducation sentimentale* qui passe sa vie à la rater. Chaque fois, je reprenais le fil où je l'avais laissé la veille mais chaque fois je savais que le point de départ n'était pas le bon : où tout cela avait-il commencé ? L'expérience restait innommable.

Puis, un matin, il y a presque neuf mois maintenant, le petit bâtonnet blanc arbora deux traits sur le rebord du lavabo. Deux traits, comme deux êtres, ce ne serait plus moi et les autres, ce serait moi devenue deux, moi et lui, moi et quelqu'un d'autre *simultanément.*

La veille, j'avais découvert un petit texte d'Emerson, dont le titre, « Experience », m'avait invitée à le lire. Sa plume est sombre et mélancolique, son jeune fils vient de mourir, et son chagrin se double de la certitude que de ce deuil il se remettra.

Emerson ne parvient pas à ancrer l'expérience dans le monde. Il compare ce qui nous arrive à des gouttes de pluie qui glissent sur nos imperméables et tombent au sol sans pénétrer notre âme ni notre corps. Il sait que rien, ici-bas, ne pourra jamais *fonder* son existence de manière indubitable. Que le deuil puisse s'adoucir, qu'il puisse survivre à la perte de son enfant, que la vie continue, que la joie puisse revenir sont autant de faits qui alimentent sa perplexité. N'y a-t-il rien qui puisse nous assurer de notre lien à ce monde ? Faut-il attendre notre propre mort pour mesurer notre ancrage ici-bas ?

« Quand mon fils est mort, il y a maintenant plus de deux ans, il me semble que j'ai perdu une belle propriété, – rien de plus. » L'affirmation est scandaleuse. De la part d'un homme terrassé par la tristesse, elle mérite d'être prise au sérieux. Emerson ne se réjouit pas de ce constat. Il y trouve au contraire une source de chagrin supplémentaire : la mort de son fils n'entraîne pas la sienne. Qu'il puisse rester en vie alors que son enfant n'est plus, voilà l'insupportable. Comment l'amour inconditionnel qu'un père porte à son enfant peut-il ne pas avoir de traduction physique et organique ? Comment un père et son fils peuvent-ils être à ce point séparables ?

« *I grieve that grief will teach me nothing* » (« Je pleure que le chagrin ne m'enseigne rien ») : voilà l'énoncé du scepticisme le plus radical. Si au moins la douleur intolérable pouvait être source d'enseignement ! Il observe autour de lui les gens qui s'effondrent et se lamentent, dans l'espoir que la douleur les approche de la réalité. Si je souffre, c'est que je vis ! Et si je me plains, c'est pour m'assurer que les autres aussi savent que je suis bien en vie. Si la douleur peut être enviable, c'est parce qu'avoir mal nous met en rapport direct avec notre corps, la connexion est assurée, le doute s'évapore. Cela ne signifie pas que les gens qui se plaignent n'ont pas vraiment mal, ni que les lamentations sont toujours infondées. Mais Emerson observe que la plainte exprime souvent autre chose que son objet ; les lamentations déplorent la perte non pas de ce qui n'est plus, mais de ce qui n'a jamais été et ne sera jamais, à savoir la preuve ultime de notre existence que l'expérience ne parvient pas à nous fournir.

C'est pourquoi le chagrin, en définitive, ne m'apprend rien, si ce n'est sa propre insignifiance. Si au moins la mort de son enfant avait pu le mettre en contact direct avec le réel, alors son chagrin aurait servi à *quelque chose.* L'inadmissible, c'est la gratuité (au sens de l'inutilité) de cet événement. Le philosophe touche la limite de son activité de penseur. De cet événement, il ne peut se nourrir, il ne parvient pas à convertir le drame en aliment pour l'esprit, il se trouve littéralement impuissant et mis face à l'existence comme à un mur infranchissable. Son fils est mort, et ça ne change rien. Il n'en sort ni transformé, ni sage ; et sa tristesse le rend fou car elle ne contient aucun trésor.

Ce texte avait, me semblait-il, réussi à formuler à l'aide de termes exacts la source de mon intranquillité. Notre existence en ce monde est sans attache, rien ne nous retient ici-bas, et l'ailleurs n'existe pas.

Je conçois, donc je suis

Quelques jours plus tard, assise dans le métro qui traversait le pont de Bir-Hakeim, alors que je regardais les passants qui pressaient le pas à dix mètres au-dessous de moi, je compris soudain que pour la première fois de ma vie, j'étais en train de faire une expérience dont je ne pouvais pas douter.

Je porte la vie en moi, me répétais-je. C'est donc bien que j'existe ! En mon centre se trouvait la preuve tangible de mon existence. Je compris qu'à l'origine de mon intranquillité se trouvait un doute indéracinable et profond, une authentique incrédulité quant aux liens entre le monde, les autres et moi, une hésitation quant à ce « moi », une absence de certitude tangible qui m'empêchait d'affirmer quoi que ce soit. Jusque-là, la seule chose indubitable dont j'avais fait l'expérience était l'impossibilité d'échapper à la vie ordinaire. Elle se rappelait à moi de manière persistante et implacable, tel un démon déprimant.

Mais désormais, je portais en moi un autre, un autre corps, une autre perspective, un autre sexe aussi. Il était trop petit pour que je puisse le toucher ou même le sentir bouger, sa présence se manifestait à moi sous forme de symptômes, nausée, seins gonflés, cheveux gras. Mais même sans ces manifestations physiques, j'avais vu l'embryon d'à peine deux centimètres sur l'écran de l'échographie, et j'avais entendu son pouls. J'ai entendu un autre cœur que le mien battre dans mon corps. Cette pulsation cardiaque qui m'avait rassurée sur la viabilité de l'embryon me fournissait la certitude que les battements de mon propre cœur n'avaient jamais réussi à m'apporter. Deux cœurs en un seul corps, et mon existence qui trouvait une demeure.

Anywhere out of the world – je croyais, comme Baudelaire, que la solution était une porte de sortie forcément le plus loin possible de moi et du monde, alors que c'était une trappe secrète à laquelle j'accédais sans bouger d'un pouce. Non pas : « Je pense, donc je suis », mais « Je vais donner la vie, donc j'existe ! ». À ce moment précis, l'incertitude ne peut pas recouvrir entièrement le champ de mon existence.

Et je pense à toutes les personnes qui ne font pas cette expérience, par impossibilité ou par choix, et qui constituent la majorité des gens qui font vivre l'histoire de la philosophie depuis le début. Porter la vie. Qu'est-ce que ça change vraiment ? À la pensée, à l'écriture ? Baudelaire aurait-il écrit ce poème (« Cette vie est un hôpital où chaque malade est possédé du désir de changer de lit ») s'il avait senti le nouveau *à l'intérieur* de lui ? Emerson aurait-il écrit « Experience » s'il avait lui-même porté son enfant ? Descartes aurait-il été contraint de mettre en doute la totalité du monde pour prouver son existence (douter, c'est encore penser, et penser, c'est forcément « être quelque chose ») si cette preuve s'était trouvée dans son ventre ?

« Il ne m'est pas permis d'engendrer »

Il me fallait le courage de braver le bavardage, les lieux communs ou les rires gênés pour reconnaître que l'expérience de la grossesse *m'apprenait* quelque chose. À quoi aurait ressemblé l'histoire de la philosophie si elle avait été écrite par des personnes ayant fait ce type d'expérience ?

Je dis des personnes, et non des femmes. On peut être femme sans être mère, tout comme on peut être un homme et vivre pleinement l'expérience de la grossesse et de l'accouchement. Simone Weil, Hannah Arendt et Simone de Beauvoir sont trois des plus grands penseurs du XXe siècle ; le fait qu'aucune d'entre elles ne fit l'expérience de la maternité ne les rend pas moins femmes – ni moins philosophes.

Plus exactement, je revendique une indistinction de genre en ce qui concerne la pratique de la philosophie et de toute forme d'activité humaine. La différence constatable (et réelle) entre les personnes de sexe différent n'est jamais essentielle (dans le sens où elle présupposerait *par essence* une différence entre les sexes) pour saisir le contenu d'une pensée intellectuelle ou d'une création de quelque ordre qu'elle soit. Cette différence est le résultat d'un long conditionnement que nous commençons à peine à ébranler. Si Arendt accorde une place décisive à la naissance dans sa pensée – au point de tenir la natalité comme la « catégorie centrale de la pensée politique », à la différence de la mortalité –, si elle la tient pour l'image du commencement absolu qui est à l'œuvre dans l'exercice bien compris de notre liberté, si le terme a pour elle la force d'un concept fécond pour l'élaboration de sa pensée, doit-on penser que c'est parce que c'était une femme ? Je ne le crois pas.

La natalité, soit. Mais la grossesse ? L'accouchement ? Pas la grossesse comme *image* d'une pensée en gestation, mais comme *expérience* d'une vie à l'intérieur de soi ; pas l'enfantement comme *idée*, mais l'accouchement comme acte violent et douloureux ?

« Le dieu me contraint d'accoucher les autres, mais ne m'a pas permis d'engendrer », regrette Socrate, qui compare son art à celui d'une sage-femme qui n'a pas besoin d'être elle-même enceinte pour aider les femmes à accoucher. « Mon art d'accoucheur comprend toutes les fonctions que remplissent les sages-femmes ; mais il diffère du leur en ce qu'il délivre des hommes et non des femmes, qu'il surveille leurs âmes en travail et non leurs corps. »

Voilà où se situe la différence entre la philosophie conçue comme travail de l'âme et l'expérience que je faisais dans mon corps. En identifiant la philosophie à la sagesse, Socrate inaugure une conduite intellectuelle exclusivement guidée par un rapport au savoir (dont les femmes sont exclues par principe). Que la sagesse consiste à savoir ou à ne pas savoir (« je sais que je ne sais rien » passe pour la définition de la sagesse par Socrate) importe peu : dans les deux cas, c'est le rapport au savoir qui est premier.

Et le corps ? J'avais lu des textes sur l'organisme, sur la maladie, considérés comme autant d'objets de pensée pouvant renverser la primauté de l'esprit sur le corps instaurée par Socrate. La distinction même entre le corps et l'esprit a été remise en question (Spinoza, par exemple : et si le corps n'était que l'autre nom de l'esprit, et vice versa ?). Le corps qui doute, le corps qui coupe la parole à la pensée, qui s'impose, se campe droit devant, qui fait sécession avec l'espace de réflexion, qui s'immisce dans l'humeur du jour, qui gêne et qui coince, qui souffre, qui jouit, le corps comme irruption dans l'écriture et non comme concept, ce corps-là existe aussi en philosophie. Mais le corps comme lieu d'une autre vie que la sienne ? Le corps qui accouche pour de vrai ? L'accouchement sans métaphore ? Silence. L'expérience de la grossesse et son terme, c'est-à-dire l'accouchement, qui se trouvent à l'origine de la vie humaine sont convoqués comme images pour définir le rôle de la philosophie depuis Socrate, mais constituent en réalité un impensé pour la philosophie.

Que reste-t-il alors de l'effort pour saisir le réel à travers la pensée si les yeux restent clos sur l'origine ? De quoi parlent vraiment les philosophes s'ils omettent d'ancrer leur pensée dans une expérience que, pour la majorité d'entre eux, ils ne peuvent *pas* faire ? Ou plutôt, si on inversait les choses, n'est-ce pas précisément parce qu'il ne leur est « pas permis d'engendrer » (pour reprendre les termes de Socrate) que leur réflexion philosophique (comprise comme accouchement d'une sagesse déjà contenue) serait condamnée à rester une image ? Un « comme si » ? L'histoire de la philosophie serait-elle celle d'une métaphore ?

Indubitable

Il n'est pas indispensable d'avoir fait l'expérience d'une chose pour pouvoir la penser. Mais ce que l'on vit modèle en retour la réflexion.

De même que l'on n'accouche pas d'un enfant qu'avec le corps, de même l'accouchement d'une pensée ne *devrait* pas se faire uniquement avec l'esprit. L'événement que constitue la mise au monde d'un enfant modifie ce que nous pensons autant que notre corps : celui-ci dans le meilleur des cas retrouve sa forme antérieure quand notre « esprit » (c'est-à-dire la manière dont je conçois l'existence) s'en trouve définitivement changé. Mon corps *porte* un enfant ; ma conscience *attend* cet enfant. On pourrait inverser les deux termes : ma conscience, elle aussi, porte l'enfant. À trop vouloir marquer la distinction factice entre un corps et un esprit, cette partie de la philosophie a exclu a priori le corps comme lieu d'un accouchement réel. Elle s'est ainsi privée d'explorer ce que l'expérience inouïe de la grossesse pouvait signifier quant à l'exercice même de son activité.

Assise dans le métro qui traversait la Seine, ce jour-là, je compris que mon doute rencontrait une limite. Je ne pouvais plus faire table rase et mettre en question la totalité du monde. Je ne pouvais plus regarder le monde comme si je n'en avais jamais fait partie. Je ne pouvais plus me demander si le rêve est plus réel que la veille, je ne m'interrogeais plus sur le degré de réalité des passants aperçus depuis la fenêtre du métro. J'abritais une réalité minuscule qui n'était ni moi, ni le monde, mais qui m'empêchait de douter de l'un comme de l'autre et qui, pour la première fois sans doute, m'apportait la certitude que *quelque chose* existe.

Je ne peux pas douter de tout puisque je suis enceinte. Je ne peux pas faire *comme si* puisque j'ai entendu un autre cœur que le mien battre à l'intérieur de mon corps. Mon scepticisme vacille. Je suis contrainte d'atterrir. Et je trouve alors la solidité qu'aucun livre, aucun discours, aucune rencontre ne m'avait jamais apportée. Je ne peux plus dire que je ne suis pas. Mon existence est indubitable. Ou du moins, à cet instant, elle le fut.

Je pouvais commencer à écrire.

La rencontre

Mon accouchement fut une longue et douloureuse torture. Pas d'autre terme. J'ai souffert en continu pendant douze heures, de 21 heures à 9 heures du matin.

Douze heures, c'était le temps de la garde de la sage-femme qui passa la nuit à mes côtés. Une décharge électrique, suivie d'une autre, puis d'une autre, toutes les deux minutes, m'ont traversé le corps pendant une nuit entière. Impossible de bouger, de parler, juste inspirer et expirer en attendant que ça passe. Ça passait, pendant deux minutes, puis ça revenait.

C'était un jour férié, je n'ai pas vu de médecin, mais la sage-femme était formelle : interdiction de m'administrer un anesthésiant pour ne pas retarder l'ouverture du col. L'épuisement au petit matin. Puis la nouvelle : le col ne s'ouvre pas. Ça ne sert à rien. Mais je continue de souffrir. Pour rien.

À 9 heures du matin, après un adieu glacial murmuré par la personne en blouse bleue qui avait passé la nuit à me regarder crier en ignorant splendidement le futur-déjà-père, une nouvelle équipe entre dans la salle d'accouchement, un renouvellement des badges et des blouses, « Morgane » remplace « Sarah » et s'étonne de l'absence de péridurale. Je m'étonne de son étonnement et lui rapporte les propos de la sage-femme de nuit. Morgane écarquille ses grands yeux bleus en signe de perplexité. Les anesthésistes arrivent et m'enfoncent une aiguille dans le dos pour soulager la douleur, enfin. Je ne sens plus rien. Je peux respirer. Je lâche la main du père qui doit aller accompagner les enfants à l'école, et je continue le non-travail seule en attendant son retour.

Mais le col ne s'ouvre toujours pas. À peine un doigt. En début d'après-midi, un doigt et demi. Je ne suis pas allée plus loin. Le cœur du bébé a commencé à battre de moins en moins vite, mes yeux rivés sur l'électrocardiogramme, 140 battements par minute, 124, 108, 95, 89, la machine lance une alarme, 80, 73, la sage-femme accourt, 65, 59, puis la salle d'opération. En deux minutes j'étais au bloc.

Le drap tendu devant mes yeux. La tête à plat, les bras écartés en croix, les mains posées sur des supports prévus à cet effet. Je ne vois rien. Les anesthésistes s'adressent à moi avec le plus grand soin, me proposent de me donner leur main puisque le papa n'est pas encore revenu. J'accepte. Ma confiance en eux est totale. Je ne sais pas ce qu'il va se passer, ni combien de temps ça va durer. La sage-femme dispose en haut de mon torse, presque sous mon menton, une petite serviette protectrice blanche en m'informant que c'est là qu'elle posera le bébé. Le bébé ! Il va donc sortir ?

Elle court dans le couloir pour attendre le père et le guider au bloc. Il est à quelques minutes de la maternité mais on ne peut plus attendre. Le chirurgien commence. Le drap bleu tendu à la verticale au-dessus de mon ventre me cache la scène. Il décrit ses gestes à voix haute. Je sens ses mains qui s'enfoncent très fort dans mon ventre. Je sens qu'on appuie sur mes intestins, mon utérus, on me palpe, on trifouille à l'intérieur de moi. Anesthésiée, je ne ressens aucune douleur. Je ne sais pas ce qu'il se passe. Quelques minutes après, on me dit que c'est déjà presque fini. Je n'ai senti ni la lame, ni la sortie du bébé.

Je ne sais plus qui dit cette phrase, « il est là ». Il est là ? Je ne le vois toujours pas, il est encore de l'autre côté du drap, j'attends son cri, des secondes d'angoisse, une éternité, j'ai peur pour la première fois, je ne le vois pas, je ne l'entends pas. « Il va bien ? » Son premier cri me répond, sa voix qui transperce mon cœur d'une émotion inconnue, sa voix qui jaillit, et soudain, il est sur moi, à quelques centimètres de mon visage. La rencontre. D'abord ta bouche, puis tes yeux. Quelques secondes, et tout commence.

J'ai vu sa bouche devant mes yeux, sa bouche magnifique grande ouverte pour laisser passer ses premiers pleurs, son père transpirant avait repris ma main, j'ai vu sa bouche, puis son regard, il m'a regardée, il a regardé son père, ses yeux plantés dans nos yeux. Le premier regard. C'est le début d'une longue série de premières fois. Le premier cri. La première main posée sur lui. Le premier câlin. La première sidération de bonheur.

Je t'ai rencontré. Je t'ai découvert. Je t'ai senti, et depuis je ne te quitte plus. Les mois et les années qui suivront auront pour origine cette première rencontre, ce premier face-à-face, nos premiers mots aussi, tu pleurais, nous t'avons parlé, rassuré immédiatement, ce furent nos premiers mots, ne t'inquiète pas, on est là, ça va aller, tout va bien, tout va bien mon bébé, je t'aime, tu es avec nous maintenant. J'ai dit ces mots nouveaux, je n'avais jamais dit je t'aime à mon enfant. Ses yeux bleus se sont ouverts et il nous a regardés. Il s'est tu. Cette bouche ouverte qui m'a rappelé des bouches que je connais bien, c'était une bouche familière et je l'ai aimée dès la première seconde. Le regard, c'était le sien. Il nous a regardés. Fixement. Avec intensité. Dès ce premier regard j'ai ressenti pour lui un amour inimaginable. Immédiat. Inconditionnel et définitif. Mon amour, mon amour. Je n'ai pas de mots assez tendres pour toi. Ça m'arrache le cœur de sa torpeur.

Techniquement, je ne l'ai pas vu sortir. J'ai senti sans souffrir. Tout s'est passé de l'autre côté du drap. Puis Morgane, la sage-femme en tunique rose, l'a pris dans ses deux mains gantées et, d'un geste technique, l'a présenté à mon regard comme on présente une sole meunière avant de la préparer. Ai-je accouché ? Quelqu'un m'a ouvert le ventre pour libérer mon enfant. Je n'ai jamais eu à pousser. J'ai ressenti des contractions extrêmement douloureuses pendant une nuit entière sans que rien ne se produise. Mon col ne s'est jamais ouvert. Une rupture au scalpel. Intervention groupée pour un événement singulier.

N'est pas sage qui veut

Pourquoi accoucher devrait-il se faire dans la douleur ? Pourquoi la sage-femme avait-elle refusé, une nuit durant, d'atténuer mon mal ?

Nous n'en étions pas à notre première rencontre. Peu de temps avant l'accouchement, de légers saignements m'avaient contrainte à me rendre à la maternité. Nous étions sans (autre) enfant ce soir-là, il avait pu me conduire aux urgences malgré le travail qu'il lui restait à faire pour le lendemain matin. Vers 3 heures du matin j'essayais de m'endormir assise, incapable de m'allonger sur le banc de la salle d'attente avec mon gros ventre, tandis qu'il tapotait sur son ordinateur, tentant d'achever le texte qu'il devait envoyer aux aurores à sa rédaction entre la machine à café et le distributeur de produit antiseptique.

Une sage-femme nous invita enfin à rejoindre la salle d'examen d'une voix douce. Elle m'installa sur le lit, tenta de mettre en place l'électrocardiogramme mais ne parvint pas à allumer la machine, demanda de l'aide à une infirmière. « C'est qui celle-là ? » marmonna cette dernière en quittant la pièce, pointant le menton en direction de la femme chargée de m'examiner. Soudain inquiète, je vérifiai le badge accroché à sa blouse bleu clair : elle s'appelait Sarah et était bien « sage-femme ». Une nouvelle recrue, sans doute.

Je la laissai m'examiner, et lorsqu'elle nous laissa seuls dans la pièce sans nous informer de la situation, mon compagnon se proposa d'aller acheter deux cafés à la machine dans l'entrée. Il était 4 h 30 du matin, nous n'avions pas fermé l'œil de la nuit, et au moment de revenir dans la chambre, les deux mains prises par les gobelets brûlants, il se trompa de porte et pénétra dans la salle de permanence du personnel médical qui se trouvait juste à côté de la salle d'examen où je l'attendais, les jambes grandes ouvertes et le sexe à l'air.

« Monsieur, vous n'avez rien à faire ici », lui lança la sage-femme. Face au regard sidéré du futur père, elle répéta : « Monsieur, ce n'est pas un endroit pour vous. — Je voulais apporter un café à ma femme, je me suis trompé de pièce, vous n'allez pas en faire un drame ? — Monsieur, je vous demande de quitter cette salle immédiatement. — Et moi je vous demande de me parler sur un autre ton ! Je me suis trompé, c'est tout. Et je n'ai aucune envie de rester dans cette pièce avec vous. » Je l'appelai pour lui indiquer le chemin, il fit demi-tour, furieux, et renversa le contenu du premier verre en plastique sur son jean. Il me tendit le second, le regard noir, la cuisse ébouillantée, alors que je m'apprêtais à éclater de rire pour détendre l'atmosphère, il lâcha un « quelle idiote ! », juste au moment où la sage-femme pénétrait à nouveau dans la salle d'examen.

Ma bouche et mes yeux se figèrent. Elle prit une inspiration exagérément longue, rejoignant le pouce et l'index de chaque main en position de méditation, ferma les yeux pour mieux signifier qu'elle était en train d'essayer de garder son calme, et quand elle les ouvrit à nouveau, elle lui lança un regard méprisant et enfonça ses doigts dans mon vagin. Ils étaient sur le point de se battre. Je levai le doigt pour signifier mon envie de parler. « Et les saignements ? — C'est bon, *il n'y a rien.* »

Deux mois plus tard, malgré des probabilités qui jouaient en notre faveur (une chance sur quatre, avions-nous calculé, de retomber sur la même sage-femme le jour J), ce fut bien

« Sarah » qui m'invita à nouveau à prendre place sur le lit. « Nous allons repartir sur de nouvelles bases », assura-t-elle, avant de m'interdire l'accès à l'anesthésie et aux antidouleurs jusqu'à la fin de sa garde. Désir de vengeance ? Rancœur légitime ? Il me fut insupportable de penser que son attitude pouvait être dictée par autre chose que le devoir de m'aider à accoucher dans les meilleures conditions.

Accoucher était pour moi un événement exceptionnel ; pour elle, c'était la routine, la garde de douze heures qu'il fallait enchaîner dans des conditions sans doute déplorables, les gros ventres qui se suivent et se ressemblent, les hurlements, les déchirements, les vagissements, le sang, les poils, le placenta, le cordon, les ciseaux, les lingettes, le désinfectant, les urgences vitales… C'était son train-train, et la douleur de ses patientes n'était qu'une donnée parmi tant d'autres à prendre en compte pour bien faire son travail. « Je perçois des informations. Appelons-les douleur » (vague souvenir de *Terminator 2*).

S'il avait fallu hurler pour aider mon enfant à sortir, je l'aurais fait volontiers, j'avais eu neuf mois pour me faire à cette idée et c'est en riant de bonheur que j'étais arrivée à la maternité, prête à en découdre, mais dans mon cas, puisque les contractions n'ont pas rempli leur fonction qui est de déclencher l'ouverture du col, et parce que c'est « quand même mieux d'accoucher par voie basse », assurait la sage-femme en me regardant me tordre de douleur, et puisque la péridurale et toute forme d'anesthésie auraient eu pour effet de retarder encore davantage le travail, m'assurait-elle, il fallait juste serrer les dents.

« C'est normal d'avoir mal, madame, vous êtes en train d'accoucher », mais en quoi était-elle sage, au juste ? Des contractions me paralysaient le bassin toutes les deux minutes, et son rôle consistait à me dire que « j'étais en train d'accoucher » ? Quel type d'information ou de réconfort espérait-elle m'apporter en énonçant ce truisme ? C'était si évident que ça en devenait absurde. Le « vous êtes en train d'accoucher » de la sage-femme qui s'adresse à une femme enceinte de neuf mois qui a perdu les eaux et qui est allongée dans la salle de travail de la maternité équivaut au « je dirais même plus » de Dupond (ou de Dupont ?) : non seulement la phrase n'a pas d'autre fonction que de décrire ce qui est de toute façon *en train* d'arriver (si ce n'est de produire un effet comique involontaire qui ne m'échappa pas, mais mon humeur n'était pas aux gags), mais en plus, elle permettait à la sage-femme d'esquiver ce qu'elle avait sous les yeux et de réduire le réel non pas à ce qu'il se passait, mais à ce qu'elle en *disait*.

Pour ne pas voir le réel en entier (j'étais certes en train d'accoucher, mais j'étais *aussi* en train de souffrir inutilement), elle feignait de le redoubler par le langage. « Vous êtes en train d'accoucher » : prononcer cette phrase lui permettait de justifier l'injustifiable, à savoir qu'elle me laissait avoir si mal sans me venir en aide. La tautologie, m'avait appris Clément Rosset, était l'art de redoubler le réel pour mieux lui tourner le dos.

Pourquoi n'ai-je pas insisté davantage ? Je ne suis ni médecin, ni sage-femme, c'était la première fois que j'essayais de donner naissance à un enfant, je m'en suis remise aux mains de ceux qui savent, et je lui ai fait confiance, tel Théétète qui se plie aux questionnements de Socrate pour accoucher d'une vérité qu'il détient déjà.

Humilité ou méthode ? Socrate revendique sa stérilité (son absence de sagesse) pour mieux aider à enfanter ceux chez qui le savoir est déjà en « gestation ». « Il est clair comme le jour qu'ils n'ont jamais rien appris de moi, et qu'ils ont eux-mêmes trouvé en eux et enfanté beaucoup de belles choses. Mais s'ils en ont accouché, c'est grâce au dieu et à moi. »

Quelle différence entre Socrate et la sage-femme ? Il accouche des âmes, quand elle accouche des corps. Il accouche des hommes (tant pis pour moi), quand elle accouche des femmes. Mais ils ne s'occupent l'un et l'autre que de ceux qui sont « prêts à enfanter ». Et enfin, parce qu'ils savent tous deux que l'enfantement se fait toujours dans la douleur, ils connaissent les techniques pour « éveiller et apaiser cette douleur ». La personne en blouse bleue qui avait été à mes côtés avait-elle appliqué les ordres d'un médecin (l'équivalent du « Dieu » évoqué par Socrate ?) qui n'avait pas daigné se déplacer ? ou bien manquait-elle du savoir-faire suffisant pour rendre moins vive l'inévitable douleur de l'accouchement ?

Toujours est-il qu'avec elle, je n'ai pas accouché de quoi que ce soit, si ce n'est de la culpabilité de n'avoir pas su réclamer *malgré tout* la pose d'une péridurale et d'avoir fait davantage confiance à ses compétences médicales qu'à ma propre évaluation du supportable.

« La clef de tout le mystère »

« Toutes les particularités de l'acte de la génération, de la grossesse, de la naissance éveillent les sentiments les plus élevés et les plus solennels. Dans la science des mystères la *douleur* est sanctifiée : le "travail d'enfantement" rendant la douleur sacrée, – tout ce qui est devenir et croissance, tout ce qui garantit l'avenir *nécessite* la douleur », écrit Nietzsche, au siècle qui précède celui de l'invention de la péridurale.

Refuser la douleur, voilà l'ennemi, diagnostiquait-il avec raison, déplorant les générations d'hommes mous qui n'osaient affronter le geste de création par frilosité, des centaines d'Oblomov qui prennent le risque d'éteindre l'espèce humaine sur leur canapé douillet écrasés par la lâcheté et la nostalgie. Nietzsche est aussi le premier à condamner le « non-sens de la douleur », la douleur inutile pourtant brandie par le christianisme comme condition même de l'existence de l'homme pécheur ; si la douleur est nécessaire c'est pour « garantir l'avenir » et continuer à créer autre chose que soi : « Pour que le créateur soit lui-même l'enfant qui renaît, il faut qu'il ait la volonté de celle qui enfante, avec les douleurs de l'enfantement », poursuit-il.

Je souscris au constat d'une douleur légitime au moment de la mise au monde d'autre chose (individu ou œuvre d'art) que soi. Mais légitimité ne fait pas nécessité : s'il eût été légitime que je souffre en accouchant, il n'était pas nécessaire que cela arrive, surtout pour finalement laisser d'autres que moi faire le travail à ma place dans l'absence totale de douleur. Ai-je *moins* accouché pour autant ?

Ici se trouve la limite de la comparaison employée par Nietzsche (qui le précède largement) entre l'accouchement compris comme mise au monde d'un enfant par le ventre ou le vagin, et l'enfantement d'une œuvre par le corps d'un être humain quel que soit son sexe. Une femme qui accouche n'est pas une artiste. Elle accomplit une fonction biologique pour laquelle la douleur n'est plus aujourd'hui une nécessité. Libre à elle de choisir de souffrir quand même, tant la douleur, comme le pointe Emerson, est promesse d'un contact direct avec le réel. La possibilité de choisir ou non de souffrir relativise l'emploi de l'enfantement comme métaphore de création, terme que l'on retrouve sous la plume de Simone de Beauvoir :

« La femme qui engendre ne connaît donc

pas l'orgueil de la création, peut-on lire dans *Le Deuxième Sexe*, elle se sent le jouet passif de forces obscures, et le douloureux accouchement est un accident inutile ou même importun. Plus tard, on accordera du prix à l'enfant. Mais de toute façon, engendrer, allaiter ne sont pas des *activités*, ce sont des fonctions naturelles ; aucun projet n'y est engagé ; et c'est pourquoi la femme n'y trouve pas le motif d'une affirmation hautaine de son existence ; elle subit passivement son destin biologique. » Pendant que la femme accouche malgré elle, poursuit Simone de Beauvoir, l'homme va à la guerre, et en mesurant l'étendue de son pouvoir, il « se réalise comme existant », « il crée, il déborde le présent, il ouvre l'avenir » en élevant son destin au-dessus de l'animal. « C'est pourquoi, dans l'humanité, la supériorité est accordée non au sexe qui engendre mais à celui qui tue. »

Puis la philosophe conclut : « Nous tenons ici la clef de tout le mystère. »

En 1949, l'année où fut publié *Le Deuxième Sexe*, détacher la femme de ses fonctions de procréation est révolutionnaire. Simone de Beauvoir n'exagère pas : quand elles sont subies, la fécondation, la gestation et la mise au monde d'un enfant relèvent de la torture – d'autant que si, pour l'homme, le plaisir et la semence reproductive s'extériorisent de la même façon (par l'éjaculation), chez la femme, la dissociation de l'organe reproducteur de l'appendice procurant du plaisir (le clitoris) fait qu'il est plus facile pour elle de jouir sans se reproduire.

Pour la femme, *ce n'est pas le même geste*, et pourtant, c'est elle qui subit la procréation quand le but des ébats sexuels n'est que la recherche du plaisir. La conception patriarcale de la sexualité a mis plusieurs millénaires avant d'explorer cette possibilité, et si Simone de Beauvoir n'évoque pas la jouissance ni le clitoris, c'est parce que le plaisir (et a fortiori la jouissance) paraît superflu au regard du projet d'émancipation du corps féminin soumis aux fonctions naturelles. Il a fallu attendre encore soixante-cinq ans pour que la représentation de cet organe de plaisir exclusivement féminin puisse figurer dans *certains* manuels scolaires.

La possibilité de faire l'amour sans procréer, la possibilité de garder ou non un embryon non désiré – en deux mots, la contraception et l'avortement ont depuis le livre de Beauvoir contribué à nuancer l'identification de la femme qui accouche à un instrument soumis au travail de la nature, ce qui ne signifie pas que celui-ci soit totalement maîtrisé. Une grossesse choisie et pleinement désirée ne garantit pas neuf mois de tranquillité ; elle peut devenir une interminable série de contraintes harassantes.

Si j'ai aimé m'en remettre aux « forces obscures » dont parle Beauvoir, si j'ai trouvé de la volupté dans cette passivité, c'est parce qu'à aucun moment, jusqu'à l'accouchement, ni moi ni l'enfant n'avons été en danger, mais c'est aussi parce que, ayant choisi d'être enceinte, j'ai *consenti* à cette passivité. Enceinte jusqu'au cou, je n'étais pas Winnie puisque j'allais accoucher et me libérer de ce qui m'immobilisait ; affalée sur mon divan, je n'étais pas Oblomov puisque j'avais pris la décision de faire chavirer pour de bon la recherche de tranquillité ; la passivité avait ses délices puisqu'elle était délibérée et qu'elle correspondait à mon désir, enfin, de laisser les choses suivre leur cours, et puisque je savais que cette attente aurait un terme, et que ce terme ne serait pas la mort.

Retour à l'ordre

Il est là, il vit avec nous. Je n'en reviens pas de son visage, de son regard, de ses grandes mains, de ses longues jambes, de ses longs pieds tout doux. Tout est chamboulé. À peine je commence à écrire que je suis interrompue par ses bruits, ses gazouillis, les adorables moues de son visage qui se contracte quand il se réveille, il s'étire et écarte les bras au maximum, tend les jambes en l'air, retrousse la bouche, commence à pleurer, esquisse un sourire et détend son visage d'un coup. Il dort dans sa chambre, et nous nous retrouvons, mon amour, dans notre chambre devenue bureau. Afin de rester près du bébé on s'organise pour travailler à la maison ; entre nous, un océan de livres posés à terre qui attendent de trouver leur place, des vêtements suspendus au lit parapluie que nous n'avons pas pris la peine de replier depuis deux semaines, et l'air frais de ce mois de mai pluvieux qui s'engouffre et dilue la fumée de tes cigarettes. Nous travaillons, le bébé dort enfin, et si tout fonctionne, on va se faire une bonne vie, mon amour.

Les semaines passent, le rythme s'installe, j'accepte qu'il soit irrégulier et que malgré le caractère répétitif des activités, aucune journée ne ressemble aux autres. Les visites se suivent et se succèdent, les questions les plus attendues se multiplient pour tenter de faire le tour de cet événement hors du commun, « à qui ressemble-t-il le plus ? », « est-ce qu'il fait ses nuits ? », et surtout, dégainée avec le sourire un peu gêné de celui qui doute de la pertinence de sa question : « Vous en voulez un deuxième ? » Je réponds : « Le cinquième, vous voulez dire ? » J'oublie que certaines familles se composent comme on dresse un plan quinquennal.

Les visiteurs, ceux qui savent, ne cessent de me répéter que la vie d'un bébé doit être le plus régulière possible. Son quotidien devrait être une succession de rituels. Du réveil au coucher, des gestes, qui viennent toujours dans le même ordre pour lui devenir familiers. Comme ça, « il sait à quoi s'attendre » et est ainsi rassuré. Pourquoi un bébé aurait-il besoin de savoir à quoi s'attendre ? Il a besoin d'une continuité en la personne de ses parents et des personnes qui l'entourent. Mais d'un ordre ? Celui-ci présente des avantages pour les parents, qui peuvent ainsi commencer à entrevoir la possibilité de s'organiser avec un nouveau-né. Je m'interroge : un bébé a besoin d'être rassuré, mais n'y a-t-il que *l'ordre* pour y parvenir ?

Le boucan de ton sommeil. Quand tu dors, tu ronronnes, tu miaules, tu piailles, tu gigotes, tu râles, tu fais la moue, tu commences à pleurer, tu racles tes petites bronches.

Un mal de ventre devient l'événement de la journée, tu hurles pendant des heures, impossible de faire quoi que ce soit pour te soulager, je te prends dans les bras, t'apaise, te parle doucement pour te réconforter, tu t'époumones de douleur. Tes premières douleurs. Le système digestif qui doit se mettre en place. Je suis à ton service, le dos cassé en deux par les tétées, l'esprit aspiré par ton bien-être, une éponge à sensations je suis devenue. Quand je m'étire, quand je fronce les sourcils, je m'identifie à toi, je me prends pour toi. Tu es collé à moi toute la journée, et dès que je te pose pour que tu puisses dormir, je regarde des photos de toi. Face-à-face miroir, plus je suis ta mère, moins je ressemble à la mienne.

Le combat ordinaire

Au bout de six semaines, je suis épuisée comme jamais. Le plus difficile, ce n'est pas le bébé, c'est la vie qui continue autour quand je voudrais me réfugier dans une bulle de silence, c'est être réveillée à 1 heure du matin quand l'adolescent va se coucher, puis à 4 h 30 par notre chatte qui hurle pour effrayer un autre chat auquel elle interdit les pavés de la cour, à 5 h 30 par le réveil du père qui a repris le travail et qui bondit hors de son lit en direction de la salle de bain, à 5 h 45 par la deuxième sonnerie qu'il a oublié d'éteindre quand il s'est levé, à 6 h 30 quand il traverse l'appartement en claquant ses talons de chaussures contre le sol à la recherche de ses clefs qu'il ne trouve pas, à 7 heures pour réveiller les deux grands, leur faire cuire des œufs et du bacon tout en tirant mon lait pour le biberon de la nuit suivante, écouter et commenter les remarques de l'adolescent qui s'indigne des arguments fallacieux des créationnistes et des procédés de la CGT, veiller à intégrer le deuxième grand dans la discussion pour qu'il ne se sente pas seul et lui demander de mettre des habits propres pour aller à l'école et non le T-shirt de la veille et le survêtement épais alors qu'il fait trente degrés, tendre l'oreille en permanence pour vérifier que le tout-petit n'est pas réveillé, ouvrir au papa qui revient à 7 h 45 pour accompagner le deuxième à l'école mais qui n'a pas pu remettre la main sur ses clefs, mettre le plus grand dans un taxi, débarrasser la table du petit déjeuner, accueillir la nounou qui vient tous les matins de la semaine pour s'occuper du bébé et me laisser quelques heures de répit, aller prendre ma douche, sortir de la salle de bain sans avoir eu le temps de me sécher les cheveux avant que le bébé ne réclame son casse-croûte, lui donner le sein en répondant aux messages orphelins de la veille, accueillir à 9 heures l'ami qui vient me rendre visite, descendre prendre un café à 9 h 30, accompagner l'ami au métro et en profiter pour racheter des couches à 10 heures, remonter finir de me préparer, redonner à manger au bébé qui s'était rendormi avant la fin de son repas, ressortir prendre le métro pour aller chez la sage-femme (une autre) à 11 heures car la suture de ma césarienne ne cicatrise pas bien, attendre jusqu'à 11 h 45, prévenir la nounou que je ne serai pas rentrée avant 12 h 30 alors qu'elle doit partir à 12 h 20, être interrompue pendant ma visite par un bruit de sonnette intempestif, repartir le plus vite possible prendre le métro, courir jusqu'à la maison, m'arrêter à une boulangerie en chemin pour avoir de quoi manger le midi, libérer la nounou à 12 h 35, manger mon sandwich en priant pour avoir plus de dix minutes avant qu'il ne se réveille, l'entendre tousser, accourir, voir son grand sourire au milieu du berceau, le câliner, lui donner à manger en faisant des pauses et des rots, tenter de le recoucher vers 14 h 30, et enfin, avoir quelques minutes pour me demander ce qu'il faut faire pour ne rien faire.

« Tuer l'ange du foyer »

C'est ainsi que Virginia Woolf nomme le premier geste à faire pour une femme qui désire écrire. L'ange du foyer, c'est la femme qui donne chaque jour sa vie en offrande pour maintenir l'harmonie domestique.

« L'Ange du Foyer était excessivement sympathique, positivement charmante et parfaitement altruiste. Se sacrifiant jour après jour, elle excellait dans un art difficile : l'art de vivre, et de vivre en famille. À table, s'il y avait du poulet, elle prenait le pilon ; s'il y avait un courant d'air, elle s'y installait ; enfin, étant ainsi faite qu'elle était dépourvue de pensées et de désirs propres, elle préférait partager les pensées et les désirs d'autrui. Cela va sans dire, l'Ange du Foyer était la pureté incarnée. Sa pureté, ses rougissements, sa grâce exquise faisaient tout son charme et tous ses charmes. En ce temps-là, vers la fin de l'ère victorienne, chaque foyer avait son Ange.

Et quand j'entrepris d'écrire, je me heurtai à elle dès mes tout premiers mots. »

Virginia Woolf n'a pas été mère, les médecins avaient décidé qu'elle était trop fragile, et elle l'a regretté toute sa vie. La lutte herculéenne contre la vie domestique qu'elle décrit s'applique à n'importe quel être humain qui souhaite créer : pour produire quelque chose d'autre que lui-même, il lui faut observer, imaginer, travailler, essayer, recommencer, et pour cela, il lui faut de l'espace – ce sera une chambre à soi, un bureau, qu'importe, du moment que c'est un endroit où l'espace lui appartient entièrement et qu'il peut y être absolument seul, *a room of one's own* – et du temps.

Or le temps est ce que la vie domestique sert à tuer. Dans le règne des objets, il y a toujours quelque chose à faire. Dans la sphère familiale, rien n'est jamais parfait ; la femme au foyer n'est-elle pas un ange, c'est-à-dire un être parfait, qui ne saurait tolérer l'imperfection ? Sa tête est pleine de tâches à accomplir, comment faire pour continuer à écrire quand on doit penser à l'heure du repas, au nombre de couches restantes, à l'activité qui précédera le bain, au pantalon qu'il faut recoudre au genou, à l'ampoule de vitamine D à récupérer à la pharmacie avant 19 heures, à l'heure à laquelle remontent les dernières selles, au menu du soir en fonction de la réponse à la question précédente ?

Devant l'impossibilité de dégager du temps et de l'espace suffisant pour penser à autre chose qu'à ceux qui l'entourent, non pas pour penser *à* elle, mais pour penser *autre chose* qu'elle qui ne soit pas *les autres*, c'est-à-dire pour travailler, la femme-ange du foyer se voit contrainte d'engager un combat meurtrier avec la partie d'elle-même qui essuie la vaisselle pour la faire briller plutôt que de supporter un éclat moins vif : « Je me jetai sur elle, la pris à la gorge et de toutes mes forces, m'efforçai de la tuer. Devant un tribunal, je n'aurai qu'une excuse ; ce fut un cas de légitime défense : c'était elle ou moi. Elle aurait vidé mes écrits de toute substance. »

La *cosa mentale* contre la charge mentale : le combat du siècle.

Le renoncement à la perfection domestique n'exclut pas le goût des promenades sous le ciel gris et des jours ordinaires, que Woolf qualifie, dans sa correspondance, des « plus heureux de son existence » au motif qu'eux seuls la conduisaient à l'endroit qu'elle cherchait plus que tout : l'harmonie. Mais après le meurtre de l'ange, les gouttes de sang sur le sol du foyer n'empêchent-elles pas de regarder « le lait qui bout dans la casserole » et « le feu dans l'âtre » avec les yeux d'Emerson ?

Les trajectoires s'entrecroisent. D'un côté, Emerson qui appelle de ses vœux un nouveau départ de la pensée en l'ancrant dans le cadre ordinaire de l'existence. De l'autre, Woolf qui décrit la nécessité vitale pour l'écrivaine de se défaire du règne du domestique. Dans un cas, un homme qui a la possibilité de regarder l'ordinaire de l'extérieur et donc de souhaiter s'y installer davantage *par la pensée*; de l'autre, une femme qui étouffe et qui souhaiterait s'en extraire pour *pouvoir penser*. La mort du fils du premier lui fait reconsidérer à la baisse la fertilité intellectuelle de l'ordinaire ; l'absence de maternité de la seconde jette sur le quotidien de l'écrivaine le même goût de deuil et de mélancolie. Et puis Thoreau qui s'en va vivre d'autres vies après avoir constaté que derrière la vie la plus ordinaire qui soit, sans enfant ni regret d'enfant, il n'y a rien d'autre que la succession des jours et des nuits et, parfois, et pour un temps seulement, la possibilité de s'en satisfaire.

Ravel, ratatouille et camembert

Je suis devenue le fantôme de moi-même. Un fantôme heureux, mais un fantôme. Je me situe dans cet espace limitrophe de la jubilation et de la catastrophe. Je pourrais soudain pleurer tellement mon corps se surmène. Fatigué, il s'affaisse et me lâche. Dédoublement. Je vis exactement la vie que je vivais avant sa naissance. Je n'ai renoncé à rien. Mais à ma vie désormais s'ajoute la sienne, que je prends en charge quasi intégralement.

Pourquoi les mères de bébés sont-elles fatiguées ? Même quand leur bébé dort bien ? Parce qu'avec un seul corps, un seul cœur et un seul cerveau, elles doivent désormais veiller sur deux vies en même temps. Les réserves n'ont pas été décuplées, pourtant la demande d'énergie s'est dédoublée. Je m'occupe de deux personnes à temps plein. Mon sommeil et son sommeil. Mes repas et ses repas. Ses loisirs et mon absence totale de loisir. Je fais du yoga pendant que tu prends ton bain, je travaille de la main droite sur l'ordinateur pendant que je te porte du bras gauche, je parle au téléphone en versant les spaghettis dans l'eau bouillante. Les deux traits sur le bâtonnet étaient programmatiques : je vis en double.

Le spécialiste du réel et de son double n'avait rien eu à dire sur le sujet quand je l'avais interrogé, une bouteille de vin jaune et un camembert et demi après le début de notre conversation. Rosset n'avait pas voulu parler de son travail, il avait préféré commenter le troisième mouvement du concerto en *sol* majeur de Ravel et déguster de la ratatouille en ruminant de plaisir.

Il vivait seul, convaincu que les philosophes étaient passés à côté de la véritable nature du désir, qui consiste à vouloir non pas ce qui nous manque, mais ce que l'on a devant les yeux : on ne peut désirer que ce que l'on a, n'est-ce pas le premier pas vers la jouissance ? Comment Platon et Lacan avaient-ils pu penser autrement ? Il se resservait de vin et de comté trente-six mois d'affinage (« pas aussi bon que le camembert »), il devenait de moins en moins compréhensible, et je me disais que si je n'avais pas pu lui faire part de mon expérience des deux traits le jour où le test de grossesse était devenu un test de réel, j'avais au moins trouvé quelqu'un qui aimait la musique et le fromage autant que moi, quelqu'un qui se battait depuis des décennies pour dire ce qu'il avait à dire sur le réel, qui aimait le tragique de l'existence et qui en faisait la condition de son bonheur et de son goût pour les bonnes choses de la vie.

Je n'ai plus de curiosité, les textes d'hommes stériles m'ennuient, ceux des femmes qui font de leur féminité une norme aussi, les textes sur la maternité ne m'intéressent pas. Je suis requise. Et écrire me semble impossible.

Exactement! s'écrie Bergson qui sommeillait depuis des mois sur ma table de nuit. Impossible: « Singulière force que cette puissance intuitive de négation! Comment n'a-t-elle pas frappé davantage l'attention des historiens de la philosophie? »

Je regarde fixement le portrait du philosophe dessiné sur la couverture pour lui retourner la question. L'impossible, explique-t-il, est le point de départ de toute pensée. Je le comprends si bien qu'il se met à me tutoyer: « Impossible, quand bien même les faits et les raisons sembleraient t'inviter à croire que cela est possible et réel et certain. Impossible, parce qu'une certaine expérience [*encore elle*], confuse peut-être mais décisive, te parle par ma voix, parce qu'elle est incompatible avec les faits qu'on allègue et les raisons qu'on donne, et que dès lors ces faits doivent être mal observés, ces raisonnements faux. » J'avais donc raison de vouloir tout envoyer balader? Avant, pendant et après moi: le déluge, avec juste un radeau en forme de berceau pour sauver mon petit garçon. « Un philosophe digne de ce nom n'a jamais dit qu'une seule chose : encore a-t-il plutôt cherché à la dire qu'il ne l'a dite véritablement. »

Ce n'est pas parce que c'est impossible qu'il faut renoncer. Ni parce que les mots manquent qu'il faut se taire. Mais je suis une femme devenue mère qui n'a pas besoin de mener une double vie pour vivre en double, et qui s'exaspère de ne pouvoir trouver les mots pour dire la chose la plus simple qui soit.

Répartition des tâches

Mon premier enfant est le dernier de sa fratrie. C'est le plus petit et il prend toute la place, je deviens porte-parole de son règlement, l'hygiène le sommeil la nourriture la propreté, je suis garante de la chiantitude collective et je n'aime pas les mots que je prononce pour tenir ce rôle.

Chacun continue ses activités habituelles, moi je veille sur lui, mais rien n'est en suspens, être devenue mère n'a pas effacé mon rôle de belle-mère, je travaille moins mais comme je travaille chez moi, je n'arrête pas vraiment de travailler, et puisque mon rôle de nouvelle maman me contraint à rester de toute façon à la maison, je deviens, progressivement par un glissement imperceptible, la gardienne du domicile, le matin je suis là, le midi aussi, l'après-midi encore, le soir pour le dîner, le moment du coucher, je suis contemporaine de chaque activité quotidienne de chacun des membres de la famille à l'intérieur de la maison, et puisque je vais acheter des couches, je peux aussi acheter de nouvelles chaussettes pour le plus grand, puisque j'ai le nez dans les objets, autant en profiter. Je ne vois pas venir le piège, si heureuse d'être clouée à mon bébé toute la journée, et comme je l'allaite, c'est mon corps qui l'apaisera quand il sera anxieux, et puisqu'il se calme plus vite la nuit quand c'est moi qui me lève, alors je vais y retourner, et comme je n'ai pas à aller au bureau le lendemain, je peux y aller une troisième fois, et finalement je deviendrai le référent numéro un de cet enfant sans que jamais le souhait n'ait été exprimé de ma part.

C'est mon premier enfant, et c'est son quatrième. Je ne peux plus être la belle-mère disponible que j'étais avant, il ne peut pas sacrifier davantage le temps rare et précieux avec les trois premiers pour m'aider avec le dernier.

On se répartit les tâches. C'est une décision, pas un acte naturel, et j'ai le sentiment que cette décision a été prise un jour où je n'étais pas là, un accord tacite contracté avec moi mais quand j'avais le dos tourné, j'avais dû dire oui en pensant à autre chose, le drap-housse qu'il fallait changer à cause du vomi à répétition, et lui qui quittait la pièce en disant «j'arrive», comme chaque fois qu'il part, comme si dire «j'arrive» alors qu'il vient d'enfiler ses chaussures pour dévaler en courant l'escalier qui conduit vers la sortie allait transformer le mouvement de départ en retour anticipé – je pars, mais comme je vais revenir, je te dis que j'arrive, pourquoi dire « je pars » alors que dans deux minutes (ou deux heures) je serai là, partir et arriver, c'est pareil non ?

Il n'est pas naturel pour un nouveau-né d'être davantage avec l'un de ses deux parents – dans le cas de couples hétérosexuels, le plus souvent ce sera la mère. La norme abusive persiste dans la supposition d'un lien affectif plus « naturel » entre la mère et l'enfant une fois celui-ci sorti de son ventre. J'ai porté cet enfant, je l'ai mis au monde, je l'allaite, mais à aucun moment je ne considère mon lien à lui comme allant de soi. Je ne vois aucune raison *naturelle* à ce que son père ne puisse créer un lien de même nature que celui que je crée avec lui.

Le rapport privilégié à la mère se noue lors des premières semaines parce que l'on croit que le lien organique entraîne nécessairement un lien affectif et que les choses sont organisées autour de ce présupposé, le plus souvent intériorisé par la mère et le père eux-mêmes. Mais un accouchement est une rencontre, et parfois la rencontre prend du temps et, surtout, celle-ci n'est jamais exclusive. Une fois sorti du ventre, l'enfant dépend des personnes qui voudront bien l'accueillir et dont le nombre dépasse largement celui de ses géniteurs.

Un enfant né par césarienne ne peut entrer en contact avec sa mère plus de quelques minutes ; celle-ci va en salle de réanimation pendant deux heures au cours desquelles l'enfant est confié aux sages-femmes qui procèdent aux examens de contrôle. Une fois les tests passés, l'enfant reste avec le père jusqu'à ce que la mère soit en état de l'accueillir. Le premier peau-à-peau de mon enfant s'est fait avec son père, la première sieste, les premières heures silencieuses partagées hors du ventre, c'était avec son père. Pourquoi ne pas déduire de cette primauté l'exclusivité du lien avec le père après la naissance ? Et si l'antériorité ne fait pas norme, pourquoi applique-t-on cette règle absconse à la mère ?

Un nouveau rôle

« Es-tu heureuse d'être mère ? » me demande-t-on. Je suis heureuse que mon fils existe. Mais être mère ? Je n'ai aucune idée de ce que ça signifie. C'est comme si on me demandait si j'étais heureuse d'être une femme : aucune image ne me vient en tête. Je n'ai jamais douté d'être une femme, mais je suis incapable de donner un contenu à ce mot.

J'ai grandi entourée de mes frères, et je continue à vivre au milieu de garçons. Petite, j'entendais que j'étais « la seule fille » mais comme le mot de « fille » ne désignait rien de précis (si ce n'est ma propre mère qui était, à mes yeux, bien plus qu'une « fille »), je compris que j'étais d'abord « seule », ce qui m'allait très bien. Mon statut de « fille » ou de « autre chose qu'un garçon » ne m'a jamais été présenté comme un handicap. Si, à l'âge de cinq ans, j'ai arrêté les cours de danse classique au bout de quelques mois pour faire du basket, ça n'était pas pour faire comme les garçons, ni par rejet des chaussons roses, mais parce qu'une épidémie de poux avait eu raison de mes cheveux longs, et j'arborais fièrement une coupe en brosse, avec du gel fixateur pour maintenir les pointes en direction du ciel. Ma prof de danse jugea cette nouvelle coupe de cheveux inappropriée au port du tutu. Elle m'attribua donc un rôle de « jeune homme » pour le gala de fin d'année, et ma tristesse devant l'obligation de quitter mes pointes et mon justaucorps à paillettes pour enfiler un bermuda marron bouffant et un polo blanc en forme de sac signa la mort de mon goût pour cette activité. Ma mère, qui n'oublie jamais rien, laissa par inadvertance passer la date du gala et cette distraction exceptionnelle enterra définitivement ma formation de danseuse étoile.

Je suis une femme, aucun doute là-dessus, mais je n'ai pas de projet quant à ma féminité, et me voilà mère en toute ignorance de cause.

Premières fois et répétitions

Quelque chose est allumé en permanence. Je troque le tangage existentiel contre la pointe du souci de lui. Je suis aux aguets, les oreilles dressées, j'entends tout, je sens tout, j'aime tout, même cette inquiétude. La qualité du sommeil change. Je fume mes deux cigarettes quotidiennes pour faire comme avant mais ça n'a aucun goût. La cigarette a perdu sa fonction. Je n'ai plus besoin de créer des interruptions : ma vie est devenue une gigantesque interruption. Il y a de l'autre dans ma vie. Ce n'est plus un face-à-face.

Je suis occupée à faire connaissance avec mon fils. Mon enfant. Son visage qui découvre les objets autour de lui. Sa vue s'améliore, il observe désormais des objets qui se trouvent à plusieurs mètres de lui. J'apprends à le coucher pour qu'il s'endorme quand je vois un signe de fatigue. À le laisser seul pour qu'il trouve le sommeil hors de mes bras.

La répétition. À travers ses yeux, vivre comme une première fois les gestes tant répétés qu'ils étaient oubliés. C'est le renouveau dans la répétition.

Kierkegaard croyait pouvoir mesurer le degré d'humanité d'un homme au courage dont il faisait preuve pour non seulement affronter la répétition, mais aussi la souhaiter. « La répétition est une épouse adorée qui ne vous lasse jamais, car seule la nouveauté est lassante », comment avait-il pu écrire cette phrase ? « Celui qui ne comprend pas que la vie est répétition, et qu'elle représente la beauté même de la vie, ne mérite pas mieux que le sort qui l'attend, c'est-à-dire périr », poursuivait-il, lui qui avait abandonné sa fiancée bien avant la nuit de noces et n'avait jamais eu d'enfants, comment pouvait-il vanter les bienfaits de la répétition ?

La répétition contre l'illusion de l'espoir, certes, la répétition contre l'inutilité de la nostalgie, d'accord, mais la répétition comme condition du bonheur, vraiment ? La répétition, seule manière de vivre au présent ? La répétition n'ancre pas dans un présent ; elle fait tourner le dos au présent. Le courage n'est pas la répétition, le courage, c'est la transformation dans la répétition. Sans transformation la répétition n'est que stagnation : à quoi sert de se répéter si c'est pour dire exactement la même chose ? Faire la même chose, d'accord, mais différemment à chaque fois.

L'intéressant n'est pas le présent, c'est le présent

qui change quand on comprend que derrière la répétition, il y a un fil continu, et que la seule manière d'épouser ce fil continu sans souffrir n'est pas dans la répétition mais dans le recommencement. Commencer encore, commencer une nouvelle fois, jamais à l'identique, toujours légèrement différemment, dans cet espace se loge l'intervalle qui justifie que l'on continue, une petite modification, une tentative dans laquelle on met tout ce qu'on a, voilà ce qui demande du courage, non pas se répéter mais recommencer, non pas devenir soi mais devenir plusieurs, pourquoi pas, quel ennui d'être soi, quand il suffit d'ouvrir les yeux pour voir que l'on change, et si le mariage n'est une solution à rien, le remariage, lui, dans le meilleur des cas, est un nouveau départ, la seule manière de faire en sorte que le début continue.

Combien de couches ?

Le tamis quotidien fait son effet, on surfe sur le désordre, les hauts et les bas, le ventre coupé qui ne cicatrise pas, l'amour qui décuple, c'est ça, une maison ? Si j'étais malheureuse, ce serait une prison. J'habite, je ne peux plus me soustraire, mais le lait qui bout dans la casserole, je finis par souhaiter qu'il explose, une fois pour toutes, on brûle tout, on prend les mêmes et on recommence, ailleurs, j'ai croisé un nombre incalculable de maisons où on serait bien, près de Pondichéry, en Corse, au pied d'un gratte-ciel, venez je vous emmène, on ne va quand même pas commencer à faire « comme si » ?

Ma peur est infondée, c'est exactement l'inverse qui se passe, j'habite et ça me plaît, je n'ai plus de place pour rien ni personne, je suis rassasiée, plus un seul espace à combler : si les gens font plusieurs enfants, c'est parce qu'ils ne sont pas satisfaits du premier ?

Le poids de mon existence s'est allégé quand tu es né, ton existence me soulage d'un nombre de soucis superflus qui n'ont tout simplement plus de place, comme si, plus j'étais nombreuse, moins je pesais lourd. Ton existence n'est pas un poids qui s'est ajouté à la mienne, mais un socle inébranlable qui me rend moi-même plus solide, je ne vis pas pour toi, mais je m'occupe de toi, je te tiens la main pour que tes premiers pas soient le plus tranquilles possible, tu es bien, continuons. Comme une validation de chaque seconde. La vie devient valable.

Ce qui ne signifie pas que toute mon existence tourne autour de toi, au contraire, ton existence me libère, je m'envole te sachant à mes côtés. Ce que je fais a plus de sens, y compris et surtout ce qui ne te concerne pas. Tu n'es pas toute ma vie. Mais tu es présent dans ma vie, et ça change tout.

Au fait, tu l'as changé ? — Non je croyais que tu le faisais ? — Il n'y a plus de couches, que fait-on ?

Chaque fois s'interrompre, chaque fois recommencer, en se disant qu'on ne va peut-être pas y arriver, en se demandant pourquoi on s'acharne, au fond, pourquoi ne pas se laisser être, profiter des journées avec eux, pourquoi ne pas passer la journée au parc à construire des châteaux de sable non pas en rentrant du travail, de 18 heures à 19 heures, mais le mercredi et le week-end de 8 heures à midi, et après le repas les emmener à la piscine, pourquoi je ne cède pas à mon rôle de maman à plein temps, ce serait plus facile, moins de lutte, et le livre, on verrait bien, un jour peut-être il sortira de moi quand ils seront grands, et s'il ne sort pas de moi, c'est que ce n'était pas si important. Je refuse de n'être que mère, de céder au poids de la tâche et à la pression de la fonction, et c'est un combat de chaque minute. Même quand je m'en vais je suis rattrapée par leur quotidien, les messages, les appels, « où est la pipette à Doliprane ? », une chambre à soi n'isole de rien depuis l'invention du téléphone portable, ce n'est pas la charge mentale, c'est l'embouteillage cérébral, alors je retrouve la table du salon et j'écris près du frigo avec, dehors, le bruit des travaux.

L'amour sans sexe ?

Un jour, l'allaitement s'arrête. La décision n'a pas été nette, ni l'arrêt, tout s'est fait progressivement. Dernière étape de notre séparation organique. À sept mois à peine tu es devenu si grand, déjà, quand je te tiens perpendiculaire à moi pour que tu t'empares du téton, je sens ton poids sur mon ventre et mes jambes. Tu es lourd.

Il fait trente-sept degrés ces jours-ci à Paris, nos corps-à-corps sont suants, ton crâne transpire à mesure que tu tètes. Personne pour dire la dimension hautement érotique de ce moment. Une langue qui vous titille le téton, un corps que vous aimez par-dessus tout et qui se colle au vôtre, comment ne pas être troublée ? La spécificité de l'amour pour son enfant. Si je me laissais aller le soir c'est dans son lit que je dormirais, son petit corps qui sort du mien et qui sent si bon, sa respiration profonde et régulière, que faire de cet amour qui me donne envie de le bouffer ? Sa peau, ses petits pieds, son sourire, ses oreilles ? Je l'aime chaque centimètre, quel étrange type d'amour, c'est troublant quand même, une passion sans sexe, mais c'est quand même de mon sexe qu'il devait sortir et le sien je le nettoie tous les jours, ce qu'il n'y a pas c'est du *désir* sexuel, ce n'est pas pareil, et on manque de mots pour qualifier cet amour fou d'un parent pour son enfant, je te retrouve chaque jour comme on court pour retrouver l'être aimé passionnément.

Le bonheur dure et s'accroît. On n'est pas habitué à ce que le bonheur dure longtemps.

Je n'ai pas hâte que tu grandisses. Je n'ai pas non plus envie que tu restes un bébé. J'aime te regarder devenir. Ton corps qui a déjà grandi si vite, le torse long et vigoureux n'est pas celui d'un bébé, mais d'un enfant déjà grand. La force de ses jambes qu'il déplie de plus en plus, ses pieds qui se touchent en l'air quand je le change, avec ce mouvement si adorable des plantes de pied l'une contre l'autre. Je le touche, le palpe, comme aucun autre corps. Le corps d'un bébé présente la maniabilité d'un objet, qui disparaît à mesure qu'il apprend à bouger par lui-même. C'est rare de pouvoir tenir dans ses bras, complètement, l'objet de son amour. De pouvoir le serrer tout entier fort contre son cœur. De pouvoir l'habiller, le laver, le réveiller, provoquer un sourire. Avec un bébé, on peut enfin aimer sans limites.

Le passager

Visite chez le médecin. « Je viens de découvrir que j'étais enceinte. Je ne souhaite pas le garder. » Garder quoi ? L'enfant qui n'en est pas encore un. Le possible non souhaité qui est devenu réel, soudain, hier, sur le lavabo, devant les deux traits bleus parallèles du bâtonnet. Une réalité que l'on détruit, ça devient un impossible. Ça aura été un possible.

Je vais stopper un processus biologique. On fait la même chose avec des maladies éradiquées. Mais ce n'est pas une maladie. Je ne peux pas céder à l'expérience de grossesse telle que je l'ai connue. Je ne peux même pas imaginer cet embryon devenir enfant. Ce serait trop douloureux. Je n'ai jamais avorté, je conçois ce qui m'attend comme un passage obligé très désagréable pendant lequel je vais devoir serrer les dents, avoir mal, et je pourrai pleurer ensuite. Je suis calme et immobile. Je sens ma poitrine qui gonfle et qui devient de plus en plus sensible chaque jour. Pas de nausée. Une tristesse commence à apparaître, mais je la recouvre. Elle sortira plus tard, ensuite, quand je serai débarrassée de ce passager inopportun que je serais déjà prête à aimer.

Quelle différence entre un embryon que l'on désire garder et un embryon qui ne va pas se développer ? Aucune. Les deux ont le même degré de réalité, leur présence est incontestable et éclatante, leur apparition relève du miracle. Ils sont là. Mais dans le second cas, je ne peux pas dire « il », je ne peux pas le nommer, puisqu'il ne va pas rester. Je n'ai pas de vocabulaire pour le désigner. Lui ? ça ?

La différence, c'est aussi que je bois et fume alors que je suis enceinte. J'hésite. Je sais que je ne vais pas le garder, mais est-ce que je peux lui faire du mal avant de l'expulser ? Un locataire. Inexpulsable en période hivernale. Il fait trop froid dehors. Mais si je m'y attache, si je commence à en prendre soin, je ne pourrai jamais m'en séparer.

Bien sûr ce n'est « que » un embryon. Il n'a pas de cœur qui bat. C'est un ovule fécondé. Il ne ressent pas la douleur. Techniquement, ce n'est pas grand-chose. Mais c'est de là que tout part. Nous sommes tous partis de cet endroit. Je coupe la tête au possible.

Et puis mon corps, lui, ne sait pas tout ce qui va se passer. Il est déjà en train de se préparer.

Mon ventre est déjà gonflé, un peu ballonné, ma peau change. Si vite.

Je suis enceinte mais je ne vais pas le rester. Quelle étrange phrase. Je suis vraiment enceinte, mais je ne vais pas avoir d'enfant.

Et si je le gardais ? et si envers et contre tout, je décidais d'avoir cet enfant déjà là ? J'irais vivre seule.

Si, il a un cœur. Je viens de vérifier. J'ai lu : « À trois semaines, le petit cœur de bébé commence à battre. » « Bébé » ?

Je ne peux avoir un autre enfant juste parce que manque le courage d'avorter. Mais que c'est difficile. La décision est prise mais l'acte semble inhumain. C'est un choix qui dépasse ce qu'un entendement peut concevoir en termes de responsabilité morale.

Je suis très fatiguée. Je traîne mon corps douloureux de mon lit à la table et serre les dents quand je porte mon enfant. Mon enfant. Mon enchantement. Je le dissocie de ce qui se passe. Pas les premières heures, mon cœur faisait mal quand je le serrais contre moi. J'ai ressenti pour la première fois depuis sa naissance une distance entre lui et moi. Quelqu'un d'autre s'est intercalé.

Il aura été mon seul enfant mais pas ma seule conception. C'est tout, c'est assez facile à dire. Lui désormais marche et vit sa vie d'enfant de un an, je dois composer avec cette nouvelle mobilité. Il va où bon lui semble mais je ne peux pas le laisser hors de mon champ de vision trop longtemps de peur qu'il n'ouvre la fenêtre, ou avale un objet trouvé par terre. Je porte en moi un autre début de vie, et je suis désormais en fusion avec l'être que je ne désire pas.

J'essaie autant que possible d'envisager les conséquences. J'ai exploré la possibilité de le garder, je n'ai trouvé aucun désir en moi. Si la grossesse perdurait, je sais que je pourrais créer le lien idoine facilement. Il suffirait de laisser faire. Mais je n'ai pas l'énergie d'enchaîner si vite avec une autre grossesse et de revivre ce que je viens de vivre. J'ai vécu pleinement l'aventure depuis le premier jour avec lui, absolument en phase, j'ai créé un équilibre qui me convient. Une autre grossesse, un autre enfant, je n'en ai pas l'envie. C'est aussi simple que ça.

La culpabilité vient de la disproportion entre mon envie et ses conséquences. Je vais interrompre un début de vie par manque d'envie. Ça ressemble à un caprice. Mais ça n'est pas un coup de tête. Comment ne pas ensuite être hantée par cet acte ? Je ne le conçois pas comme un meurtre, car la nouvelle vie que je porte en moi est encore à un stade à peine embryonnaire, un nid dont je ne connais même pas la viabilité.

Reste le risque d'une grossesse extra-utérine, qui m'allégerait la responsabilité parce que l'embryon ne serait de toute façon pas viable. Mais l'avortement serait alors beaucoup plus lourd, hospitalisation en ambulatoire, anesthésie générale, aspiration, curetage. Dans l'autre option, l'embryon est viable, trois comprimés suffisent à l'éjecter, mais ma responsabilité est alors entière. Vivre avec la responsabilité de son absence ? Ou avec celle de son existence ? Dans les deux cas je suis responsable. De sa mort ou de sa vie. Laquelle suis-je plus à même d'assumer jusqu'à la fin de mes jours ?

Le deuxième enfant que nous n'aurons pas eu.

Les passagers

« C'est bien une grossesse intra-utérine, l'embryon est bien en place dans l'utérus. C'est ce que j'avais besoin de savoir, on va pouvoir mettre le processus en marche. Vous prendrez les comprimés en deux temps, les premiers ici, les seconds chez vous, demain. Pour la petite histoire », me dit-il en scrutant l'image de mes ovaires sur son écran, son instrument blanc enfoncé dans mon vagin, « pour la petite histoire… » Je vois son regard s'approcher de l'écran, les sourcils froncés, la moue de celui qui ne veut pas dire de bêtise mais qui s'apprête à dire quelque chose d'important. « Pour la petite histoire… répète-t-il pour la troisième fois, il y en a deux. » Je regarde l'écran. Je vois deux poches blanches abritant chacune une petite tache noire.

Je suis enceinte de jumeaux.

Ma première réaction fut de me dire : raison de plus d'avorter ! Puis je réalisai l'horreur de ma pensée. Non pas un, mais deux. Le réel, et son double. Comme si avec un seul, on prenait le risque de passer à côté. Mais deux, c'est trop gros pour être vrai.

Je n'avais rien bu, mais j'avais bien vu : ils étaient deux. Deux fois plus réel ? Est-ce que ça rendait mon acte deux fois plus évident ? Ou deux fois plus difficile ? « Le secret des choses, c'est qu'il n'y a pas de secret », écrit Clément Rosset. Nous ne pouvons pas faire le deuil de l'absence de sens, ou plutôt de l'insignifiance du sens. En clair, ce n'est pas du côté du *sens* que les choses se passent. Débrouillez-vous avec ça, semble-t-il nous dire, d'un air goguenard. L'insolente banalité du *fait* d'être. Tout est là, devant nous, depuis le début, et nous ne pourrons pas aller au-delà, ni en deçà. *C'est toujours la même chose.* Et de ça, il n'y a pas grand-chose à dire.

Sauf que j'étais à nouveau en train de faire l'expérience d'une trouée dans le réel.

Je rejoins la salle d'attente, la secrétaire me tend un verre d'eau et les premiers cachets, debout dans le hall d'entrée.

« Je les prends en même temps ? » La secrétaire lève les yeux vers moi, blasée.

« Il faut les prendre tous, après vous faites comme vous voulez. »

Je fais surtout comme je peux.

Le gynéco sort de son cabinet et me demande si je les ai bien pris. Aucune réponse ne me vient, je suis sidérée devant mon propre geste.

« *Just now !* » dis-je à voix beaucoup trop forte

montrant le verre vide dans ma main tremblante. Pourquoi je réponds en anglais ?

« Super ! » répond-il.

Je le regarde, perplexe.

Je rentre à la maison, ils sont en train de dîner, je m'assois à table.

« Il y en a deux, mon amour. Il y en a deux. Deux ! »

Regard éberlué. Il ne veut pas comprendre.

Notre enfant me regarde en pointant ses oreilles : « Deux ! Deux ! » La veille je lui avais appris le chiffre deux : tu as deux oreilles, une à gauche, une à droite. Alors il montre ses oreilles et répète : « Deux ! Deux ! » Il a tout entendu ?

Lui, sous le choc, se lève pour prendre un verre d'eau. Il pousse la farine et le sucre avec lesquels il vient de faire un gâteau.

« Tiens, pourquoi ai-je laissé deux œufs sur le grille-pain ?

— Qu'est-ce que tu viens de dire ? »

Je regarde en direction du grille-pain. Deux coquilles d'œuf trônent aux extrémités du grille-pain. Deux œufs vides, joliment empilés. Savaient-ils qu'on parlait d'eux ? J'aurais pu, comme Perec, faire un livre sans eux. Mais il aurait manqué quelque chose.

Responsable ou coupable ?

Le lendemain matin, je descends acheter les seconds comprimés pour expulser les embryons.

Le médecin n'avait pas pu me les remettre en mains propres lors de ma consultation, je suis contrainte d'affronter le monde extérieur alors que je voudrais ne pas quitter mon lit. La rue me semble hostile, tous ces gens qui se pressent et qui ignorent combien nous sommes à l'intérieur de mon manteau. Première pharmacie, ils ne l'ont plus en stock. Je dois marcher encore plus loin, ça m'énerve, je suis fatiguée. En survêtement, les cheveux défaits, je croise un ami qui sort du métro. On discute sur le trottoir. Je plane à mille lieues de lui.

Deuxième pharmacie. Je tends mon ordonnance. Regard gêné de la vendeuse vers le pharmacien.

Lui : « Je n'ai pas le droit de vous vendre ce médicament. C'est pour quoi ? »

Moi : « Vous le savez très bien. »

Lui : « C'est interdit. Je ne peux pas vous le vendre. Même si vous allez ailleurs, sachez que c'est interdit. »

Je le regarde avec mépris et les mots me manquent. Je sors en silence, furieuse, humiliée et coupable. Je n'avais pas l'énergie d'entrer en guerre contre un pharmacien opposé à l'avortement, mais surtout, je ne lui demandais pas son avis. Et si faire la morale à ses clients était sa priorité, pourquoi n'était-il pas devenu prêtre ? Sarah, la sage-femme, aurait fait une excellente enfant de chœur.

Troisième pharmacie. Je prépare ma phrase : « C'est pour un ulcère de l'estomac » puisque c'est la fonction première du médicament dont j'ai l'ordonnance. Pas besoin. La vendeuse me tend la boîte avec un grand sourire.

Je remonte dans ma chambre et prends les comprimés. Je pensais que j'allais dire « au revoir les enfants » ou quelque chose du genre avant de les avaler mais je n'y ai même pas pensé.

Je suis en train d'avorter de jumeaux. Il y a deux ans jour pour jour, je découvrais que j'étais enceinte pour la première fois de ma vie, et neuf mois plus tard, mon enfant naissait.

J'ai eu des contractions toute la journée jusqu'à minuit, de plus en plus douloureuses, avec quelques saignements. Je me sentais très faible, le corps qui faisait mal, le moral en berne. Le moindre effort me paraissait surhumain. Épuisement nerveux. Il a fallu tenir bon, sourire à nos enfants, m'occuper de mon enfant, m'engueuler avec le déjà-père-mais-déjà-presque-plus-futur-père qui se trouve une nouvelle fois exclu de l'expérience physique. Au réveil j'avais moins mal. Dans l'après-midi je n'avais plus de douleurs. La dissipation progressive puis totale de la douleur m'a remplie de bonheur. Je revivais, je me croyais en bord de mer par une fin d'après-midi d'été avec une légère brise dans les cheveux. Presque extatique. Mon plaisir fut proportionnel à ma douleur. Ce fut bref. Très douloureux. L'après est délicieux.

J'y suis retournée. J'ai vu l'écran. Il n'y avait plus personne. Utérus vide. Jamais vu bonne nouvelle si peu réjouissante. Je discute avec le gynéco, je retourne au travail, je rentre à la maison, je donne le bain à mon fils, dîne avec nos enfants, passe la soirée avec eux, une bonne soirée douce et drôle, on se raconte des histoires, on rigole, ils se chamaillent, se couchent heureux et en paix.

Et ces jumeaux qui n'auront pas existé. Leur statut me hante. Qu'étaient-ils ? Que sont-ils à présent ? Ce qui adoucit ma culpabilité (que je vis avec une tranquillité surprenante), c'est de sentir que je les ai aimés, ou que je les aurais aimés, pleinement. Ça n'était pas un problème d'amour. C'était une absence totale d'envie de les accueillir. Surprise de constater ma tristesse. Utérus vide. Il n'y a plus personne. J'avais déjà commencé à les aimer. Je peux continuer à les aimer autrement ?

J'essaie d'être à la hauteur de mon acte. Je me sens plus responsable que coupable. Une responsabilité immense, incommensurable, qui me dépasse absolument. J'ai décidé. La grossesse était une expérience, l'avortement est la décision de ne pas la renouveler. J'ai sacrifié deux œufs pour préserver l'équilibre si délicat entre mon fils, son père, ses frères et moi. Il n'y avait ni place, ni envie.

Quelques mois après, Clément Rosset est mort, seul, dans sa salle de bain. Je ne lui ai jamais dit combien il avait compté pour moi, ni que je le tenais pour le plus grand d'entre tous. Je me contentais de l'inviter à dîner et de lui servir la ratatouille que j'avais cuisinée toute la journée. L'annonce de sa mort m'est arrivée très tôt le matin, et comme elle me paraissait – c'est un comble – *irréelle*, et que personne ne pouvait me la confirmer, je voulus vérifier par moi-même. J'appelai donc à son domicile. Je ne voulais pas savoir comment il allait ni ce qu'il faisait, mais s'il était encore en vie, et fus gênée à l'idée qu'il pût décrocher le téléphone et que je me retrouve dans la situation de celle qui aurait dû lui expliquer la raison de son appel. La sonnerie retentit en vain, il n'y avait personne au bout du fil. J'étais en train d'appeler un mort.

Stanley Cavell mourut quelques semaines plus tard. Dans le panthéon de spectres qui constituent l'histoire de la philosophie, ils avaient été vivants de mon vivant, et à ce titre, ils avaient fait, un temps, figure d'exception. J'ignore s'ils se sont jamais rencontrés, mais j'ai encore en tête le son de leur voix, et le soin qu'ils ont mis l'un et l'autre à n'apporter aucune réponse aux questions que je me posais est sans doute ce qu'ils m'ont légué de plus cher.

Le retour

« Et puis vous pourrez voir votre père. Je vous prêterai ma voiture et vous pourrez y aller dans la journée. » Je suis au téléphone sur mon vélo, soudain mes yeux se mouillent et ma gorge se serre. Je prétexte un faux contact avec mes écouteurs pour justifier mon silence. Je continue à pédaler, je m'arrête au feu rouge, et cherche mes mots. « Vous portez un casque, au moins ? — Oui bien sûr », répondis-je en passant ma main dans mes cheveux au vent. La personne qui me parle a perdu son père dans un accident de voiture en 1960. Je n'ose pas lui dire que je me mets en danger ni que, la plupart du temps, je grille tous les feux rouges quand je suis à vélo. Puis je me reprends : « Non, je ne porte pas de casque, je vous ai menti pour ne pas vous inquiéter. Je suis très émue par votre proposition, je serais ravie de venir passer quelques jours dans le bureau de votre père pour terminer mon livre. Je crains

juste que son fantôme ne m'empêche d'écrire...
— Mais non, mais non, c'est un fantôme de très bonne compagnie, vous verrez. Je vous attends donc lundi prochain. »

Ma peur en arrivant chez Camus fut de ne pas être en adéquation avec le lieu. De ne pas me sentir réceptive aux cyprès odorants et aux champs de lentisques visibles depuis son bureau (les fameux lentisques que Maria Casarès lui reproche, dans une lettre hilarante, de citer trop souvent en lieu et place des déclarations d'amour qu'elle attend de lui), de tourner le dos à cette expérience pour mieux protéger mon travail (comment écrire sur le bureau d'un Prix Nobel ? en faisant comme si on se trouvait ailleurs) ou par incapacité à lever la tête pour regarder autre chose que l'écran de mon ordinateur. Je voulais à la fois être pleinement là et rester entièrement disponible à mon texte.

Du point de vue de mon travail, ce fut un échec. Je passai mon temps à rêvasser sur la terrasse, emmitouflée dans plusieurs pulls pour me protéger du mistral du mois de juin, admirant les lentisques flamboyant au coucher du soleil, m'interrogeant sur l'âge des oliviers, le nom des oiseaux qui jouaient dans les lauriers et la date de construction de la maison mitoyenne. Après avoir épuisé toutes les stratégies de déni que me proposait le village de Lourmarin (1 100 habitants), je reprenais en soupirant le fil de mon récit et finissais par remettre mes chaussures pour faire le tour du champ en courant. Afin de diminuer au maximum la distance qui m'éloignait de l'expérience que j'étais en train de faire, j'entrepris une cure détox, sans alcool ni cigarette ni téléphone, ce qui, loin de me rendre plus réceptive à quoi que ce soit, me plongea dans la dépression en moins de vingt-quatre heures. Au bout de quelques jours, Catherine vint prendre des nouvelles de mon travail. Elle enleva les aiguilles de pin qui s'étaient accumulées sur le transat gris et prit place à côté de moi sur la terrasse. Elle n'avait pas encore dit un mot que je m'entendis lui demander : « Qu'est-ce que ça fait, de vivre sans père ? »

Avant même que j'entende sa réponse, ma propre question me renseigna sur mon état d'esprit. Mon improductivité n'avait rien à voir avec le spectre de Camus, dont je m'accommodais plutôt bien, que j'imaginais assis à ma place, sa femme Francine jouant du piano dans la pièce à côté, plongé dans la rédaction du *Premier Homme*, écrivant à Maria, discutant avec ses enfants, les jumeaux, Catherine et Jean. Je crois même que je lui parlais de temps à autre, en tout cas je l'imaginais aisément dans la même pièce que moi, sans que cela me mît mal à l'aise. Non, s'il m'était impossible d'écrire à cet endroit, c'est parce que mon père se trouvait à trente-cinq kilomètres de là et que je ne pouvais me résoudre ni à travailler ici sans aller le voir, ni à lui rendre visite et mettre en péril les quelques jours que j'avais si difficilement dégagés pour venir ici. Il m'aurait pourtant été facile d'accepter la proposition de Catherine de me prêter sa voiture et d'y aller ne serait-ce que le temps d'un déjeuner, d'embrasser mon père, et, qui sait, de lui dire que je l'aimais, et de retrouver Lourmarin en milieu d'après-midi. Mais prendre la voiture de la fille de Camus pour aller voir mon père, c'était rejoindre la route qui mène au platane sur lequel la Facel Vega que conduisait Michel Gallimard s'est écrasée en 1960, avec Camus à la place du mort, et donc prendre le risque de tuer mon père prématurément.

Rien ne faisait sens dans cette peur, puisque la route d'Aix-en-Provence est, depuis Lourmarin, à l'opposé de celle qu'emprunta Camus pour gagner Paris le jour de sa mort, et puisque, de manière encore plus évidente, Camus n'était pas mon père (qui, lui, était très malade, mais vivant), mais comme précisément l'accident du penseur de l'absurde avait eu lieu sur la route qui conduit à Sens (dans l'Yonne), mon imagination avait suffisamment d'éléments pour me dissuader de prendre le volant.

« C'est terrible. » La réponse de Catherine à ma question fut sans appel. Elle me raconta la solitude, celle de son père quand il se fâcha avec Sartre et que leurs amis communs ne choisirent pas son camp ; la sienne quand elle se retrouva sans père à l'âge de quatorze ans, et qu'elle intériorisa tout ce qu'il lui avait appris de son vivant pour continuer à lui faire jouer un rôle actif dans sa vie d'adolescente, puis d'adulte.

«Je ne suis pas prête», dis-je en me levant.

Elle leva les yeux vers moi, se mit debout avec difficulté, et me demanda mon âge. Puis elle se hissa sur la pointe des pieds et me passa tendrement la main sur la joue en répétant : « Vous êtes encore toute petite… »

La nuit tombée, une bière fraîchement décapsulée à la main, je me dis que Camus aurait été d'accord pour trinquer avec moi, ce soir, sous la Grande Ourse décapée par un violent mistral.

Le téléphone en main, j'écrivis ces trois mots : « Papa, j'arrive. »

J'arrive, enfin

Mon père ne se lève presque plus. Il répète, la tête sur l'oreiller, qu'il ne veut pas mourir. « Je n'ai pas peur de mourir. Mais j'en ai pas envie. » Rien à dire à cela. Je traque les signes d'altération qui marquent son visage. Je guette la manifestation physique et visible de sa maladie. Il faut que ça se voie. Comment peut-on souffrir de quelque chose qui ne se voit pas ? Je veux voir mon père, je veux surtout le sentir, le prendre dans mes bras, sentir son odeur qui a changé, une odeur plus forte, un sébum différent. J'ai commencé à perdre mon père par le nez.

Il se retient de pleurer en me serrant dans ses bras, essuie d'un geste énervé la larme qui coule sur son menton, « mais ne te retiens pas mon papa, pleure, mon papa », « non je ne veux pas pleurer, je voudrais être fort pour me battre et m'en sortir », et il passe ses journées à dormir. Je ne lui ai pas demandé s'il rêvait.

Il dort comme un bébé, il dort comme on cuve une nuit d'alcool, il dort comme on ferme les yeux sur ce qu'on ne veut pas voir. Il en écrase. Il oublie. Il encaisse. Quelque chose le bouffe de l'intérieur. La tempe gauche rasée, l'immense cicatrice en point d'interrogation au-dessus de l'oreille, vite recouverte par les cheveux qui ont repoussé, il n'est pas chauve, il n'est pas cadavéreux, il n'a pas de tuyaux partout, il est épuisé, il marche en traînant les pieds, le regard baissé et mouillé sous son grand chapeau bleu, le menton contre la poitrine, en équilibre sur un bâton de marche, il avance au ralenti, un roi blessé. Je peux compter le nombre de pas qu'il effectue pour aller acheter le pain tellement il marche lentement. Il se déplace comme un escargot de un mètre quatre-vingt-quinze, il est grand mon père, gigantesque, toute sa vie les gens lui ont dit « comme vous êtes grand ! », et il répondait en un sourire « c'est pratique pour le minigolf », tout le monde riait, qu'il est drôle ton père, qu'il est élégant... Je le lui rappelle et ça le gêne, la pudeur qui le fait tenir bien droit et fuir les discussions essentielles. La voix même est affaiblie, il est si malheureux qu'il force sa voix pour s'assurer que le chagrin s'entend.

Mon père n'arrive plus à se concentrer sur autre chose que son quotidien. Ses sujets de discussion portent sur ses trajets en taxi en direction de l'hôpital pour ses sessions quotidiennes de radiothérapie, le monde qu'il y avait dans le quartier ce matin au moment de la promenade, la durée de sa sieste. Je l'écoute et je surenchéris, les mots ordinaires me paraissent soudain si doux, ils sont la preuve qu'il est bien vivant. J'ai compris à la naissance de mon enfant ce que signifiait le terme « accueillir » ; la maladie de mon père m'enseigne le sens du mot « accompagner ».

Je lui tends mon bras pour l'aider à se relever du canapé, des dizaines de cheveux courts et blancs restent sur les coussins. Il est malade mais il est pareil, ses longs pieds aux orteils recroquevillés s'agitent de la même façon. La corne dure et fendue sous ses talons, la peau étonnamment blanche, presque laiteuse, de la voûte plantaire, l'ongle du petit orteil plus long que les autres, celui du milieu toujours bleuté par un ancien choc (ou comprimé dans une chaussure trop petite), les pieds de mon père mènent une vie autonome et immuable.

Quand mon père est tombé malade, sa douleur est devenue la mienne. J'ai eu mal exactement au même endroit que lui. J'ai ressenti les mêmes symptômes pendant quelques jours : trouble de l'élocution, perte de mémoire. Je ne pensais qu'à ça. Mon empathie prenait la forme d'une identification quasi organique. Je pris peur. Et je me questionnai : l'amour que je porte à mon père est tel que lorsqu'il souffre, je souffre avec lui. Qu'est-ce que cela m'enseigne sur le lien qui m'unit à lui ? Emerson souffre de savoir qu'il se remettra de la mort de son fils, et je me demande comment survivre à celle de mon père. Comment me séparer de lui ?

Avant d'arriver, je m'assois sur un banc devant la gare pour attendre mon fils et sa nounou qui me rejoignent par le train. Deux personnes âgées et anglaises prennent place à côté de moi. Je suis gênée, je voudrais pleurer en paix. J'ai envie de leur demander de l'aide. *My dad is dying, can you help me ?* Enceinte, je voulais que tout le monde regarde mon ventre ; la tristesse ne jouit pas de la même visibilité que la grossesse. Elle prend toute la place, mais à l'intérieur. Une grossesse de larmes dans la gorge.

J'arrive, je prépare les lasagnes pendant qu'il prend sa chimio. On a tous les deux les doigts pris, moi dans la viande fraîche que je mélange aux tomates concassées, lui par les sachets qu'il ouvre avec des ciseaux pour en extraire des gélules : deux vertes et une violette.

« Meeerde ! » hurle-t-il quand la gélule lui échappe des mains et roule sur le carrelage de la cuisine.

« Meeerde ! » hurlerai-je une heure plus tard à table quand mon fils fera tomber trois fois de suite le contenu de sa cuiller sur sa salopette.

C'est la merde.

Je reste calme, je t'écoute mon papa. Tes mots s'enfoncent dans une partie de ma mémoire que je ne connaissais pas, et dont la fonction est sans doute de permettre de continuer à vivre sans oublier pour autant. Suffisamment profond pour ne pas remonter à la surface toutes les cinq minutes, suffisamment mobilisable pour ne pas disparaître sous les couches du déni. J'essaie de te rassurer mais j'ai peur aussi. Je te parle du présent, de la chance que tu as d'avoir une femme aussi forte que Maman, de l'amour que je te porte et que mes frères et tes amis te portent, c'est déjà beaucoup mais je n'ai rien d'autre à quoi m'accrocher, j'ai vite fait le tour alors je me répète, ça te plaît. J'observe ton corps malade qui est bien vivant. « Santé ! » dis-je gaiement en hissant mon verre de vin. « Pas pour tout le monde », grommelle-t-il.

Ce jour-là, j'ai voulu te parler de la mort mais le soleil tapait trop fort, assis sur le banc je plissais les yeux pour tenir le fil de ma pensée, je ne savais plus les mots, mon enfant faisait du toboggan devant nous, j'ai répondu à tes questions, deux baguettes tradition, non deux baguettes spéciales, tu es sûre ? Oui je suis sûre, te rassurer, je sais faire, répondre à tes questions, te tenir le bras et te tendre le bâton de marche qui te permet de tenir en équilibre pour te déplacer, la jambe droite que tu ne sens plus (« ne dis pas que je ne sens plus ma jambe », m'avais-tu lancé un jour, « je ne sens PAS ma jambe, c'est pas pareil », comme si le « plus » trahissait l'irréversibilité de la paralysie que tu refusais d'admettre, comme si le « plus » signifiait « plus jamais », quand le « pas » ne qualifiait que la situation présente sans rien présager de la suite), imaginer avec toi la maison d'après, quand vous aurez déménagé, dans quelle ville, pas trop loin de tes amis, imaginer ta vie dans trois ans, t'écouter me raconter le classement des photos de tes petits-enfants sur ton téléphone, celles en double que tu gardes au cas où, celles qui sont floues et que tu ne devrais pas garder, tu classes, tu tries, tu archives, ça veut dire que tu vis. Le bitume imbibé du soleil de juin nous aveugle, tu déplaces ton visage à l'ombre des branches, tu as oublié tes lunettes de soleil, je te propose les miennes, tu acceptes et c'est moi qui ne vois plus rien, il fait si chaud, je sais que je voulais parler avec toi de la maladie mais je n'arrive plus à réfléchir, le soleil écrase mon sens de la nuance et de la délicatesse, j'ai peur d'être abrupte, je me sens comme un taureau abruti par le soleil, je ne dis rien, je renchéris sur les baguettes de pain, je me dis que je pourrais t'acheter des chocolats à la boulangerie pour la fête des pères, c'est la fête des pères, bonne fête Papa, j'avais oublié de te le dire, je me penche vers ta joue pour y déposer un baiser, « merci fifille », réponds-tu, un peu gêné, « ça me fait un bien fou que tu sois là », pourquoi a-t-on tant de mal à dire que l'on s'aime, pourquoi je n'arrive pas à prononcer les mots sans avoir peur, comme si dire je t'aime à son père signifiait immédiatement être Charlotte Gainsbourg sur les genoux de Serge qui chante l'inceste, j'ai peur de l'interdit, toi non plus tu ne me l'as presque jamais dit et je n'en ai pourtant jamais douté, alors pourquoi cette peur de te le dire, mon père c'est Jacques Higelin qui n'aurait jamais osé chanter, tu sais je me suis allongée des années sur un divan et j'ai parlé, j'ai pleuré, et j'ai compris qu'il n'y avait pas de problème, je t'aime et c'est juste difficile de te le dire, tu sais les gens autour de moi arrivent à s'aimer, j'ai vu des filles donner des tonnes d'amour à leur père, moi aussi je t'en donne mais je ne le dis pas assez, je suis gênée, pourquoi est-ce qu'on n'y arriverait pas nous aussi ? et voilà que ça me fait pleurer les mots font un embouteillage dans la bouche, ça klaxonne et ça freine alors je te donne la main, le silence a toujours été notre allié, j'ose la main tendue, mais c'est le bras qu'il te faut, appuie-toi à moi mon papa, moi je tiens bon, j'ai deux jambes et deux bras et un cœur qui ne cesse d'aimer la vie un peu plus chaque jour, surtout depuis que tu es malade, ma vie m'apparaît pour ce qu'elle est, bien réelle, et bien courte, alors les moments qui s'étirent les jeux de société et les soirées tisane me paraissent moins longues, il m'arrive même de faire des jeux parfois, pas trop long quand même mais ça arrive et ça me plaît, tu vois Papa si j'arrive à jouer, tu dois pouvoir tenir bon, non ?

On rentre par le chemin habituel, mon fils sur sa trottinette, tu t'appuies sur ton bâton de marche, tu tentes de te baisser pour ramasser la bouteille en verre qui traîne sur le sol mais tu as du mal à plier la jambe, alors tu plies l'autre jambe très doucement, tu te saisis de l'objet pour le jeter dans la poubelle à côté, un petit insecte rampant qui dormait sous la bouteille déguerpit à toute allure, tu râles, tu enfonces ton chapeau sur tes oreilles, tu t'agrippes à mon bras droit et tu marches, sans me lâcher. Puis tu regardes ailleurs, te racles la gorge et formules à peine : « Quand repars-tu, déjà ? »

REMERCIEMENTS

Ce livre n'aurait jamais vu le jour sans la participation active de Lucille Uhlrich, Raphaël Enthoven, Dominique Ambiel, Marina de Guerry, Louis Vaudeville, Ludovic Escande, Danièle Dubosc, Muriel Beyer, Catherine Camus, Aurelia Saratila et Thelma.

Arnold Davidson n'a aucune idée du rôle qu'il a joué dans ma vie et dans ce livre ; Sandra Laugier a contribué sans le savoir à garder vivante ma reconnaissance à son égard.

Je tiens également à remercier Julien, Rémi et Théodore qui continuent d'être là pour moi même quand je ne joue pas ; Benoît et Magali qui m'ont transmis le goût d'être libre et la force de le rester ; Aurélien, Sacha, Loup et Zadig grâce à qui le quotidien n'est jamais une défaite.

L'oscar du meilleur rôle dans une comédie de remariage revient à Raphaël dont l'amour, au fil des ans, des contretemps et des aventures, crée l'enivrement de la durée et la minute heureuse.

DE LA MÊME AUTRICE

Aux Éditions Gallimard

Dans la collection Tracts

INTRANQUILLITÉ, 2020

Dans la collection Blanche

LA VIE ORDINAIRE, 2020 (Folio n° 7039)

Aux Éditions Plon

Dans la collection Questions de caractère

LA JOUISSANCE, avec Jean-Luc Nancy, 2014

LA MÉCHANCETÉ, avec Michaël Foessel, 2014

L'OBSTINATION, avec Myriam Revault d'Allonnes, 2014

LE SNOBISME, avec Raphaël Enthoven, 2015

LA PUDEUR, avec Éric Fiat, 2016

QUESTIONS DE CARACTÈRE (rassemblant LA JOUISSANCE, LA MÉCHANCETÉ, L'OBSTINATION, LE SNOBISME et LA PUDEUR), 2017

Aux Éditions de l'Aube

VIVRE ET REVIVRE ENCORE, 2021

Aux Éditions RMN-Grand Palais

OUH LÀ L'ART !, 2021

COLLECTION FOLIO

Dernières parutions

6814. Georges Rodenbach — *Bruges-la-Morte*
6815. Margaret Mitchell — *Autant en emporte le vent I*
6816. Margaret Mitchell — *Autant en emporte le vent II*
6817. George Eliot — *Felix Holt, le radical.* À paraître
6818. Goethe — *Les Années de voyage de Wilhelm Meister*
6819. Meryem Alaoui — *La vérité sort de la bouche du cheval*
6820. Unamuno — *Contes*
6821. Leïla Bouherrafa — *La dédicace.*
6822. Philippe Djian — *Les inéquitables*
6823. Carlos Fuentes — *La frontière de verre.* Roman en neuf récits
6824. Carlos Fuentes — *Les années avec Laura Díaz.* Nouvelle édition augmentée
6825. Paula Jacques — *Plutôt la fin du monde qu'une écorchure à mon doigt.*
6826. Pascal Quignard — *L'enfant d'Ingolstadt. Dernier royaume X*
6827. Raphaël Rupert — *Anatomie de l'amant de ma femme*
6828. Bernhard Schlink — *Olga*
6829. Marie Sizun — *Les sœurs aux yeux bleus*
6830. Graham Swift — *De l'Angleterre et des Anglais*
6831. Alexandre Dumas — *Le Comte de Monte-Cristo*
6832. Villon — *Œuvres complètes*
6833. Vénus Khoury-Ghata — *Marina Tsvétaïéva, mourir à Elabouga*
6834. Élisa Shua Dusapin — *Les billes du Pachinko*

6835. Yannick Haenel *La solitude Caravage*
6836. Alexis Jenni *Féroces infirmes*
6837. Isabelle Mayault *Une longue nuit mexicaine*
6838. Scholastique Mukasonga *Un si beau diplôme !*
6839. Jean d'Ormesson *Et moi, je vis toujours*
6840. Orhan Pamuk *La femme aux cheveux roux*
6841. Joseph Ponthus *À la ligne. Feuillets d'usine*
6842. Ron Rash *Un silence brutal*
6843. Ron Rash *Serena*
6844. Bénédicte Belpois *Suiza*
6845. Erri De Luca *Le tour de l'oie*
6846. Arthur H *Fugues*
6847. Francesca Melandri *Tous, sauf moi*
6848. Eshkol Nevo *Trois étages*
6849. Daniel Pennac *Mon frère*
6850. Maria Pourchet *Les impatients*
6851. Atiq Rahimi *Les porteurs d'eau*
6852. Jean Rolin *Crac*
6853. Dai Sijie *L'Évangile selon Yong Sheng*
6854. Sawako Ariyoshi *Le crépuscule de Shigezo*
6855. Alexandre Dumas *Les Compagnons de Jéhu*
6856. Bertrand Belin *Grands carnivores*
6857. Christian Bobin *La nuit du cœur*
6858. Dave Eggers *Les héros de la Frontière*
6859. Dave Eggers *Le Capitaine et la Gloire*
6860. Emmanuelle Lambert *Giono, furioso*
6861. Danièle Sallenave *L'églantine et le muguet*
6862. Martin Winckler *L'École des soignantes*
6863. Zéno Bianu *Petit éloge du bleu*
6864. Collectif *Anthologie de la littérature grecque. De Troie à Byzance*
6865. Italo Calvino *Monsieur Palomar*
6866. Auguste de Villiers de l'Isle-Adam *Histoires insolites*
6867. Tahar Ben Jelloun *L'insomniaque*
6868. Dominique Bona *Mes vies secrètes*
6869. Arnaud Cathrine *J'entends des regards que vous croyez muets*

6870.	Élisabeth Filhol	*Doggerland*
6871.	Lisa Halliday	*Asymétrie*
6872.	Bruno Le Maire	*Paul. Une amitié*
6873.	Nathalie Léger	*La robe blanche*
6874.	Gilles Leroy	*Le diable emporte le fils rebelle*
6875.	Jacques Ferrandez / Jean Giono	*Le chant du monde*
6876.	Kazuo Ishiguro	*2 nouvelles musicales*
6877.	Collectif	*Fioretti. Légendes de saint François d'Assise*
6878.	Herta Müller	*La convocation*
6879.	Giosuè Calaciura	*Borgo Vecchio*
6880.	Marc Dugain	*Intérieur jour*
6881.	Marc Dugain	*Transparence*
6882.	Elena Ferrante	*Frantumaglia. L'écriture et ma vie*
6883.	Lilia Hassaine	*L'œil du paon*
6884.	Jon McGregor	*Réservoir 13*
6885.	Caroline Lamarche	*Nous sommes à la lisière*
6886.	Isabelle Sorente	*Le complexe de la sorcière*
6887.	Karine Tuil	*Les choses humaines*
6888.	Ovide	*Pénélope à Ulysse* et autres lettres d'amour de grandes héroïnes antiques
6889.	Louis Pergaud	*La tragique aventure de Goupil* et autres contes animaliers
6890.	Rainer Maria Rilke	*Notes sur la mélodie des choses* et autres textes
6891.	George Orwell	*Mil neuf cent quatre-vingt-quatre*
6892.	Jacques Casanova	*Histoire de ma vie*
6893.	Santiago H. Amigorena	*Le ghetto intérieur*
6894.	Dominique Barbéris	*Un dimanche à Ville-d'Avray*
6895.	Alessandro Baricco	*The Game*
6896.	Joffrine Donnadieu	*Une histoire de France*
6897.	Marie Nimier	*Les confidences*
6898.	Sylvain Ouillon	*Les jours*
6899.	Ludmila Oulitskaïa	*Médée et ses enfants*

6900. Antoine Wauters — *Pense aux pierres sous tes pas*
6901. Franz-Olivier Giesbert — *Le schmock*
6902. Élisée Reclus — *La source* et autres histoires d'un ruisseau
6903. Simone Weil — *Étude pour une déclaration des obligations envers l'être humain* et autres textes
6904. Aurélien Bellanger — *Le continent de la douceur*
6905. Jean-Philippe Blondel — *La grande escapade*
6906. Astrid Éliard — *La dernière fois que j'ai vu Adèle*
6907. Lian Hearn — *Shikanoko, livres I et II*
6908. Lian Hearn — *Shikanoko, livres III et IV*
6909. Roy Jacobsen — *Mer blanche*
6910. Luc Lang — *La tentation*
6911. Jean-Baptiste Naudet — *La blessure*
6912. Erik Orsenna — *Briser en nous la mer gelée*
6913. Sylvain Prudhomme — *Par les routes*
6914. Vincent Raynaud — *Au tournant de la nuit*
6915. Kazuki Sakuraba — *La légende des filles rouges*
6916. Philippe Sollers — *Désir*
6917. Charles Baudelaire — *De l'essence du rire* et autres textes
6918. Marguerite Duras — *Madame Dodin*
6919. Madame de Genlis — *Mademoiselle de Clermont*
6920. Collectif — *La Commune des écrivains. Paris, 1871 : vivre et écrire l'insurrection*
6921. Jonathan Coe — *Le cœur de l'Angleterre*
6922. Yoann Barbereau — *Dans les geôles de Sibérie*
6923. Raphaël Confiant — *Grand café Martinique*
6924. Jérôme Garcin — *Le dernier hiver du Cid*
6925. Arnaud de La Grange — *Le huitième soir*
6926. Javier Marías — *Berta Isla*
6927. Fiona Mozley — *Elmet*
6928. Philip Pullman — *La Belle Sauvage. La trilogie de la Poussière, I*

6929. Jean-Christophe Rufin — *Les trois femmes du Consul. Les énigmes d'Aurel le Consul*
6930. Collectif — *Haikus de printemps et d'été*
6931. Épicure — *Lettre à Ménécée* et autres textes
6932. Marcel Proust — *Le Mystérieux Correspondant* et autres nouvelles retrouvées
6933. Nelly Alard — *La vie que tu t'étais imaginée*
6934. Sophie Chauveau — *La fabrique des pervers*
6935. Cecil Scott Forester — *L'heureux retour*
6936. Cecil Scott Forester — *Un vaisseau de ligne*
6937. Cecil Scott Forester — *Pavillon haut*
6938. Pam Jenoff — *La parade des enfants perdus*
6939. Maylis de Kerangal — *Ni fleurs ni couronnes* suivi de *Sous la cendre*
6940. Michèle Lesbre — *Rendez-vous à Parme*
6941. Akira Mizubayashi — *Âme brisée*
6942. Arto Paasilinna — *Adam & Eve*
6943. Leïla Slimani — *Le pays des autres*
6944. Zadie Smith — *Indices*
6945. Cesare Pavese — *La plage*
6946. Rabindranath Tagore — *À quatre voix*
6947. Jean de La Fontaine — *Les Amours de Psyché et de Cupidon* précédé d'*Adonis* et du *Songe de Vaux*
6948. Bartabas — *D'un cheval l'autre*
6949. Tonino Benacquista — *Toutes les histoires d'amour ont été racontées, sauf une*
6950. François Cavanna — *Crève, Ducon !*
6951. René Frégni — *Dernier arrêt avant l'automne*
6952. Violaine Huisman — *Rose désert*
6953. Alexandre Labruffe — *Chroniques d'une station-service*
6954. Franck Maubert — *Avec Bacon*
6955. Claire Messud — *Avant le bouleversement du monde*
6956. Olivier Rolin — *Extérieur monde*
6957. Karina Sainz Borgo — *La fille de l'Espagnole*
6958. Julie Wolkenstein — *Et toujours en été*
6959. James Fenimore Cooper — *Le Corsaire Rouge*

*Tous les papiers utilisés pour les ouvrages
des collections Folio sont certifiés
et proviennent de forêts gérées durablement.*

*Composition Entrelignes
Impression Novoprint
à Barcelone, le 03 janvier 2022
Dépôt légal : janvier 2022*

ISBN 978-2-07-296297-4 / Imprimé en Espagne

401324